HERIDAS QUE NO ME DEFINEN

Despertando identidad en medio del dolor y el amor que me sostuvo

MONICA ELIZABETH PACHECO

HERIDAS QUE NO ME DEFINEN

"DESPERTANDO IDENTIDAD EN MEDIO DEL DOLOR Y EL AMOR QUE ME SOSTUVO"

Para:

_____

que este libro sea un faro de fortaleza, un espejo y reflejo y un inicio para continuar tu camino de sanación de la mano conmigo, porque nadie está destinado a sanar en soledad.

Con cariño,

Mónica Elizabeth Pacheco

El dolor no me define; el amor de Dios como Alfarero me moldea y me redime para seguir transformandome en su obra perfecta que por heredad ya me pertenece"

CONTENIDO

Dedicatoria

*"A ti, mi niña amada,
que un día fuiste silenciada y creíste que tu voz no importaba.*

Hoy, desde mi corazón de mujer adulta y consciente quiero abrazarte y decirte que siempre fuiste valiente, incluso cuando sentías miedo.

Perdóname por los años en los que no supe cómo escucharte, por las veces que ignoré tu llanto porque no entendía el peso que cargabas. No era que no te amara... era que no sabía cómo cuidarte.

Gracias por no rendirte. Gracias por seguir creyendo, aún en medio de la oscuridad, que había una luz esperándonos.

Fuiste tú quien me enseñó a buscar ayuda, a abrir el alma en una consulta de terapia, a confiar en manos profesionales que nos guiaron con paciencia, y a aferrarnos a Dios cuando sentíamos que nos desvanecemos.

Hoy te miro y te reconozco como la guerrera que me trajo hasta aquí te vuelvo a reconocer y reconectar con tus virtudes de quien realmente eres (soy) en esencia.

Las cicatrices que llevas cuentan tu historia, pero son heridas que no te definen, porque detrás de cada una hay un corazón que aprendió a transformarse.

Dedicatoria

Te prometo que seguiré cuidándote con ternura, respetando tus límites, y construyendo una vida en la que nunca más volverás a sentirte sola y desvalorizada.

Hoy sabemos que el abuso marcó una página de nuestra historia, pero no dictó el final, llegaremos a tiempo. Las heridas que llevamos se convirtieron en fuerza, amor y propósito.

Tú y yo somos una. Y juntas... con esta elección de valentía de alzar la voz le daremos giro a nuestra vida hablando a través de estas palabras al corazón de miles de mujeres. Que merecen sanar como tú y yo.

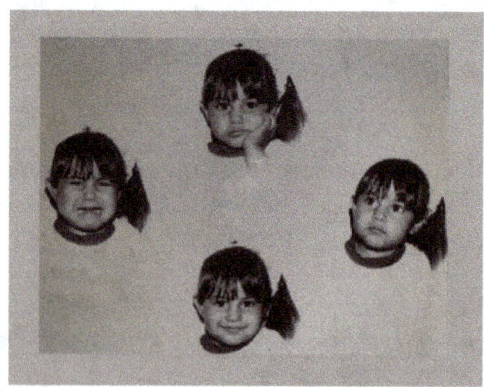

Reconocimiento

La gloria a ti mi "Dios" padre bondadoso y amoroso.

A quienes, con su voz y su ejemplo, me enseñaron que el dolor no es nuestro nombre y que las heridas no, nos definen.

A cada alma valiente que compartió su historia y me recordó que siempre hay un después del silencio.

A mi niña interior, por no rendirse, y a Dios, por ser mi fuerza y mi refugio y nunca dejó de luchar en cada paso de este camino.

A cada persona que, con su valentía, compartió su propio relato de dolor y superación, gracias por recordarme que el silencio nunca es más fuerte que la verdad.

A las mujeres y hombres que me abrieron su corazón y me mostraron que las heridas, aún más profundas, no nos definen, sino que pueden convertirse en luz para otros.

A mis guías espirituales y profesionales, que me enseñaron que la sanidad del alma es un proceso posible cuando caminamos de la mano de Dios y con la ayuda adecuada.

A mi madre, hija, familia y amigos, que con paciencia, me escucharon, me abrazaron y creyeron en mí incluso en los días más oscuros. Y a ti, lector o lectora, que tal vez estás buscando esperanza: quiero que sepas que no estás solo, no estás sola.

Este libro también es para ti.

A ti abuela "Chipa" que aunque ya no estas conmigo en esta tierra, esto forma parte de ti, por ser esa mujer que me impulsó a volar y cumplir mis sueños y que jamás me rendiría. Esa que me mostró el comienzo de la sanación a través del despegue familiar generacional.

Invitación a sanar

La valentía de sanar por mí, por mi hija, mis y nuestras generaciones

Sanar es un acto de amor y valentía. No solo es para mí, también para mi hija y para las generaciones que vendrán después de nosotras. Mi decisión de sanar, sostenida en el amor perfecto de Dios, es un legado que rompe cadenas de dolor, abuso y repetición, abriendo un nuevo camino de libertad y esperanza.

"Mas la misericordia de Jehová es desde la eternidad y hasta la eternidad sobre los que le temen, y su justicia sobre los hijos de los hijos." (Salmos 103:17)

El abuso que marcó mi vida- y también alcanzó a mi hija por un familiar cercano-me mostró una verdad profunda: los patrones de dolor no detienen hasta que alguien decide levantarse con valentía y declarar:

"Hasta aquí". Hoy tomé esa decisión con firmeza, porque sé que en el amor de Dios no hay temor, sino plenitud y restauración.

"En el amor no hay temor, sino que el perfecto amor echa fuera el temor" (1 Juan 4:18).

Sanar es detener la repetición de historias rotas. Es levantar un muro de fe y amor para proteger a quienes amamos. Como madres, hijas, hermanas, hermanos y familias enteras, estamos llamadas a sanar, para que nuestros hijos y nietos crezcan libres, fuertes y armados con identidad, fe y amor verdadero. Cuando una mujer sana, su hija aprende a ser libre; cuando un hombre sana, su familia aprende a caminar en paz. Sanar es un acto de herencia espiritual.

"Estas palabras que yo te mando hoy, estarán sobre tu corazón; y las repetirás a tus hijos, y hablarás de ellas estando en tu casa y andando por el camino, al acostarte y cuando te levantes" (Deuteronomio 6:6-7).

Invitación a sanar

"Por tanto, si alguno está en Cristo, nueva criatura es; las cosas viejas pasaron; he aquí todas son hechas nuevas" (2 Corintios 5:17).

"Cree en el Señor Jesucristo, y serás salvo, tú y tu casa" (Hechos 16:31).

Por eso elijo sanar. Porque mi libertad no es solo mía, también es de mi hija, de mis generaciones y de cada familia que decide creer en el poder sanador del amor de Dios.

El abuso sexual infantil y en la adultez es una herida invisible que marca la mente, el cuerpo y el alma. Muchas veces se vive en silencio y de recordarte que, aunque parezca que caminas en oscuridad, Dios siempre está contigo.

Mi hija Dafne L Padilla P.

Prefacio

En medio de mi peor experiencia, cuando creí que todo estaba perdido y que mi historia sólo sería sinónimo de vergüenza y sufrimiento, descubrí que una fuerza y un amor bondadoso podía darle un propósito a lo que tanto me dolía. Hoy comprendo que nada de lo que viví fue en vano, porque mi voz puede servir para dar luz y levantar a otras mujeres, mi testimonio puede recordarle a alguien que sí se lo propone y acepta su dolor puede sanar.

Como dice la Palabra:

"Y sabemos que a los que aman a Dios, todas las cosas les ayudan a bien, esto es, a los que conforme a su propósito son llamados."
(Romanos 8:28)

Hoy sé que incluso aquello que me hizo llorar hasta quedarme sin fuerzas, Dios lo transformó en una misión: convertir mi herida en esperanza para otros y darme cuenta que esas heridas con marca no definen, la persona que realmente decido ser.

Si estás leyendo estas palabras, quiero que sepas algo desde el principio: no estás solo, no estás sola, y nunca debiste cargar esa herida en silencio.

Este libro nace de un deseo profundo de abrazar, con palabras, a cada persona que alguna vez fue silenciada, ignorada o culpada por el dolor que otro le causó. Escribo para quienes fuimos niños y niñas que aprendimos demasiado pronto lo que significa tener miedo dentro de nuestras propias casas o frente a quienes debían protegernos. Escribo para los adultos que aún llevan dentro a ese niño herido que grita por justicia y consuelo.

Prefacio

En este libro no pretendo dar soluciones prontas ni mágicas ni borrar el pasado, porque sé que cada historia es única y cada camino de sanación también lo es. Pero sí quiero regalarte un espacio seguro y en el cual te identifiques conmigo: páginas que te acompañen como un abrazo, como una voz de amiga que te dice: te creo, no es tu culpa, mereces sanar y mereces vivir sin miedo.

A lo largo de estas páginas encontrarás palabras que validan tu dolor, recursos que pueden guiarte a pedir ayuda incluso apoyar a niños, mujeres y hombres que te rodean y, sobre todo, mi testimonio personal valiente que al igual como tú, aprendieron que sus heridas no las definen, sino la fuerza para levantarse una y otra vez.

Que este libro sea un faro de Luz en tu noche oscura. Que te recuerde que el amor propio y la fortaleza florecen incluso en las grietas más profundas. Y que, aunque hoy sientas que estás roto o rota, dentro de ti habita una semilla de vida, esperanza y libertad.

Gracias por estar aquí. Gracias por leerme. Gracias por existir y gracias por decidir continuar este trayecto de vida.

Este es nuestro tiempo de sanar, de volver a mirarnos al espejo y decir: soy más que mi dolor, soy amor, soy fortaleza, soy libre no duele más.

Con todo mi cariño y respeto,
Monica Elizabeth Pacheco.

Introducción

Este no es un libro más. No es una historia para leer y olvidar. Es un grito convertido en susurro, un secreto que encontró voz, una herida que decidió no ser tumba sino semilla.

Por muchos años callé. Callé abusos, callé miedos, callé noches interminables en las que mi corazón se preguntaba por qué. Callé como callan miles de niñas, mujeres y hombres que creen que el silencio es su única forma de sobrevivir. Pero el silencio nunca cura, solo prolonga el dolor.

Heridas que no me definen nació de la urgencia de hablar, de la necesidad de transformar la vergüenza en dignidad y el dolor en propósito. Porque entendí que lo que me pasó marcó mi vida, pero no la determina. Porque descubrí que detrás de cada herida había una mujer resiliente, un alma sostenida por Dios y un corazón que, a pesar de estar roto, seguía latiendo con fuerza.

Este libro no es solo mi historia, es un espejo. Tal vez en estas páginas veas reflejada tu niñez, tu adolescencia, tu silencio o incluso tu miedo. Pero también deseo que encuentres esperanza, que sientas que no estás solo, no estás sola, y que descubras que tu dolor también puede transformarse en amor y fortaleza.

Aquí no encontrarás teorías frías, sino experiencias vividas, cicatrices que aprendieron a hablar y principios espirituales que sostuvieron mis pasos. Este es un recorrido por el valle más oscuro... y también por la salida hacia la luz.

Si estás leyendo estas líneas, quiero decirte algo desde el principio: no eres lo que te hicieron, no eres tu silencio, no eres tu herida. Eres mucho más. Y lo descubrirás paso a paso, capítulo a capítulo.

Parte I
El Silencio y la Herida

Capítulo 1
Mis orígenes

Nací el 23 de octubre de 1986 en Aguascalientes, México, la ciudad más pequeña de toda la República Mexicana. Aunque pequeña en extensión, para mí siempre ha sido un lugar grande en memorias, raíces y afectos.

Mi madre solía contarme que fui una niña muy deseada y profundamente amada desde antes de nacer. Me decía que todos en casa esperaban con ilusión mi llegada, y que incluso mi padre, quien me cargo con una ternura especial, me convirtió en la consentida de sus brazos. Esa sensación de ser amada me acompañó en mis primeros años de vida, como una caricia invisible que me rodeaba y me daba seguridad.

Soy la mayor de cinco hermanos, una hermana y tres hermanos, lo cual me convirtió desde muy temprano en un ejemplo a seguir, en el que abría camino para los demás. Mi familia es numerosa, no solo por mis hermanos, sino también porque vengo de una raíz amplia y fuerte: mi abuela tuvo trece hijos, y de esa descendencia surgió una familia grande, con muchas ramas, historias y voces que llenaban los encuentros familiares.

Recuerdo mi niñez como una etapa de risas, juegos y cariño. Era la consentida, sí, pero también la que cargaría la responsabilidad de cuidar a los más pequeños. En esos años no sabía todavía todo lo que me esperaba en el camino de la vida. Solo conocía la inocencia de ser niña.

Cuando toda la familia nos reunimos y yo sinceramente pensé que éramos una familia feliz, recuerdo que las tías y abuela hacían de comer todos los domingos, mis primas y primos nos divertíamos jugando juegos de niños.

Crecí rodeada de una familia grande, llena de voces, risas y abrazos que me hacían sentir parte de algo especial. Éramos distintos, como cualquier familia, con problemas aquí y allá, pero en mi mirada de niña todo parecía estar bien. Me sentía protegida, rodeada de cariño, con la ilusión de que los lazos de sangre eran sinónimo de confianza y seguridad.

Nunca imaginé que detrás de esas mismas paredes donde aprendí a amar y a soñar, también se escondía la herida más dolorosa de mi vida. La traición no vino de un extraño, sino de alguien a quien yo llamaba familia. Y fue entonces cuando la inocencia comenzó a romperse y mi mundo de niña dejó de ser el mismo.

Aunque mi abuela fue una figura de firmeza y respeto, su presencia no evitó que el dolor tocara mi vida. Había cosas que escapaban de sus manos, situaciones que ninguna autoridad o carácter podían detener. Sin embargo, lo que sí me regaló fue invaluable: la certeza de que no estaba sola, la fuerza de sus enseñanzas y el cobijo de su amor incondicional.

Cerca de ella yo sentía que nada malo podía alcanzarme. Su manera de mirar, su voz firme, sus gestos cargados de disciplina pero también de cariño, eran para mí como un escudo invisible. Había una seguridad que me envolvía cuando estaba a su lado; era como si el mundo entero se detuviera y por fin pudiera respirar tranquila. Esa tranquilidad era un tesoro que guardé en lo profundo de mi corazón, porque sabía que la vida fuera de sus brazos podía ser dura, incierta y dolorosa.

Mi abuela me enseñó a no rendirme, a levantarme aun cuando las fuerzas parecían acabarse. Me repetía con su ejemplo que la vida no se trata de huir de las pruebas, sino de afrontarlas con carácter. En sus silencios aprendí la prudencia, en sus palabras la sabiduría, y en sus manos trabajadoras la dignidad de luchar. Pero también me confesaba sus propios anhelos no cumplidos. Muchas veces me recordaba que ella no había logrado alcanzar sus sueños, que la vida y las circunstancias la habían limitado. Y entonces me miraba a los ojos y me decía que yo no debía cometer los mismos errores, que debía volar tras mis deseos,mis sueños que debía superarme y seguir adelante aunque la vida me pesara.

Siempre me repetía que, aunque me separara de ella y su corazón se doliera de tenerme lejos, pedía a Dios con fervor que me protegiera dondequiera que yo estuviera. Ese deseo suyo de verme crecer, avanzar y cumplir lo que ella no pudo, fue una de las herencias más grandes que me dejó: la fe en que mis pasos tendrían propósito y que mi vida debía ir más allá de las heridas.

Hoy reconozco que, aunque no pudo evitar mis cicatrices, sí me legó la fortaleza para no dejarme destruir por ellas. Me dio raíces firmes, como un árbol que resiste las tormentas porque ha sido sembrado en tierra profunda. Y en ese legado de amor y sacrificio, su voz sigue resonando en mí: "vuela, cumple tus sueños, no te detengas, Dios siempre irá contigo

Y fue precisamente mi abuela quien me crió, a quien amé con todo mi corazón y a quien agradezco profundamente por la persona que soy hoy. Ella me enseñó a no rendirme, a perseguir mis sueños y a forjar carácter, sembrando en mí valores que serían mi ancla en medio de las tormentas de la vida.

Hoy, al mirar hacia atrás, agradezco esos inicios. Porque aunque la vida después me mostró pruebas que nunca imaginé, mis orígenes me recuerdan que fui amada desde el principio, que mis raíces son profundas, y que dentro de mí siempre existió una niña fuerte, preparada para sobrevivir a la tormenta y renacer.

"Hoy te honro con mi vida, porque todo lo que soy lleva tu huella. Te extraño y te amo siempre, abuela."

(1934-2019)

Capítulo 2
Heridas invisibles:
entendiendo el abuso con mis herramientas

Al mirar mi infancia, me parecía que todo en mi familia estaba lleno de amor, unión y protección. Sí, había diferencias y problemas como en cualquier hogar, pero para mí eran sólo detalles dentro de un círculo donde me sentía querida. Nunca imaginé que, entre esas mismas risas y abrazos familiares, se escondiera también la traición y el dolor. No podía sospechar que las sombras podían habitar tan cerca de la luz.

Recuerdo que de niña era alegre y tierna, siempre con una sonrisa en el rostro. Me encantaba que me tomaran fotos, escuchar música herencia de mi padre ya que es músico y bailar. Crecí rodeada de un ambiente que parecía perfecto, una infancia que en ese momento se sentía como un regalo.

Disfrutaba cada detalle: participar en actividades en el preescolar, ir a la escuela, jugar y convivir con otros niños de mi edad. Pasar tiempo con mis primos y primas era una de mis mayores alegrías. Éramos tantos que siempre lográbamos formar equipos y armar competencias llenas de risas y diversión. Aquella etapa me hacía sentir plena, y hasta hoy recuerdo cómo hablar de juegos me iluminaba el rostro con felicidad.

Un juego que nunca fue un juego

Pero ¿quién diría que todo cambiaría? Aquella infancia que parecía feliz, o al menos saludable, de pronto se tornó oscura y gris... Y todo comenzó precisamente en un "día de juego".

Recuerdo que aquella tarde la casa era enorme, con un jardín y muchas recámaras conectadas. Estaba jugando a las escondidillas con mis primos, uno de esos juegos que seguro tú también disfrutaste alguna vez. Para mí era de mis favoritos... hasta que ese día, sin saberlo, mi mundo entero dio un giro que marcaría mi vida para siempre.

Ese momento se convirtió en la puerta de un recorrido largo, lleno de silencios y pruebas, pero también en el inicio de la búsqueda de un propósito que con el tiempo aprendí a descubrir.

Aún recuerdo aquel día soleado, perfecto para un gran juego. Mis primos y yo decidimos comenzar, hicimos el conteo para ver a quién le tocaba llegar hasta 20. No recuerdo exactamente quién fue, pero todos corrimos a buscar el mejor escondite.

Yo corrí hacia una recámara cercana a un baño. Elegí ese lugar convencida de que era el escondite ideal, segura de que nadie me vería. Tenía un solo objetivo: ganar la carrera y salvar a todos los que estábamos escondidos con aquella frase tan emocionante:

"¡1, 2, 3 por mí y por todos mis amigos!"

En ese momento me divertí, me sentía libre y confiada... hasta que, de pronto, algo inesperado ocurrió. Una sorpresa que nunca imaginé y que cambiaría por completo el rumbo de mi vida.

Recuerdo que uno de mis tíos, hermano de mi madre, me encontró donde me había escondido. ¿Cómo puede una niña imaginar que alguien que la mira tiene malas intenciones cuando solo juega? Él me pidió que entrara al baño cercano y que me callara. Al decirlo, mi miedo explotó: su tono no era el de un juego.

Yo era solo una niña. Mi cuerpo se congeló. Obedecí por miedo, por confusión, por no saber qué más hacer a lo que me estaba pidiendo hacer. Desde fuera, escuchaba a mis primos gritar:

"¡Moni, ¿dónde estás? ¡Ya salimos todos!"

Ellos buscaban y yo estaba detrás de la puerta, con un grito ahogado que nadie podía oír. Ese tiempo parecía eterno; me sentí paralizada, indefensa y sola en medio de la casa que antes me daba seguridad.

Aún recuerdo la sensación de mi cuerpo congelado, sin comprender nada, y luego la culpa y la vergüenza que se instalaron en mí. Más adelante, algunos primos tocaron la puerta y mi tío respondió:

"Aquí no está, búsquenla en otro lado".

Él era un hombre que imponía miedo; su alcoholismo y adicciones lo volvían impredecible y peligroso.

Cuando salí de la habitación, mi vida ya no era la misma. Un familiar cercano —un tío que debería protegerme por ser mi sangre— decidió destruir lo que me pertenecía: esa infancia sana que todo niño merece vivir.

Tras su acto inhumano, me sacó del baño y me escondió en un viejo ropero junto a él, en ese mismo baño, diciéndome que me quedara ahí hasta que mis primos me encontraran. Pero el juego había terminado: ellos ya no buscaban a Moni.

Quedé sola, oculta y rota por dentro. Fue un momento en el que la casa dejó de ser refugio y se convirtió en el lugar que más miedo me provocaba.

$$\bullet\ \bullet\ \bullet$$

Capítulo 3
Sombras en casa:
el doble abuso y el silencio

Cuando caían las noches y el miedo crecía

Ese miedo crecía hasta sentirse más grande que mi propio cuerpo, me cubría con la cobija hasta la cabeza y en silencio le pedía a Dios que me cuidara.

Con el corazón de niña le suplicaba que nadie más me tocara, que no permitiera que aquella pesadilla volviera.

Temblaba por dentro y mi voz parecía quedarse atragantada, pero creía con todo mi ser que si rezaba muy fuerte, si tenía fe, Él me escucharía. En medio del miedo, la confusión y la vergüenza —esa sensación absurda de que todo era mi culpa— algo pequeño no se apagaba dentro de mí: una lucecita de esperanza. La certeza de que Dios me veía, sabía lo que ocurría y algún día me pondría a salvo.

Allí comenzó una forma distinta de vivir: entre un dolor oculto y el amor que, aunque yo no lo entendía del todo, siempre me sostuvo, el amor de Dios. En aquel momento mi mente estaba bloqueada, atrapada en un mundo de miedo e inseguridad que se repetía día tras día.

Pero aunque el miedo me acompañaba, también descubrí algo: dentro de mí había una fuerza que ni el dolor ni el silencio lograron apagar. Aprendí a protegerme y a proteger a los demás porque Dios había puesto en mi corazón una valentía que hoy reconozco como parte de mi propósito.

Recuerdo que les decía a mis primas: "no dejes que mi tío te ayude con las tareas". Nunca les explicaba el porqué; solo lo repetía con ese miedo y dolor oculto, callado, guardado en lo más profundo de mi cuerpo. No sé si ellas alcanzaban a notar quién era realmente esa persona, porque él siempre se acercaba con una apariencia de apoyo, cuando en realidad buscaba tomar ventaja.

Es increíble pensar que, siendo tan pequeña, ya vivía en un mundo de combate. No solo tenía que protegerme a mí misma, sino que también cargaba con la responsabilidad silenciosa de cuidar a mis primas, de advertirles, de impedir que pasaran por la misma experiencia dolorosa que yo había vivido.

Qué ironía: lo que comenzó como un juego inofensivo terminó convirtiéndose en un juego de maldad real. En mi cabeza ya no era solo repetir la frase "1, 2, 3 por mí y por todas mis amigas (os)"; ahora la dinámica del juego había cambiado. La vida cotidiana se transformó en un constante estar alerta, cuidando o "salvando" a mis primas, día tras día, dentro de la misma casa. Sentía que vivía un juego de nunca acabar, pero sin la libertad de hablar, porque el miedo me paralizaba: miedo a ser regañada, a que me pegaran, a que no me creyeran. En ese hogar, los golpes y las palabras duras eran parte del ruido diario.

Abuela "nos cuidaba", pero éramos demasiados. Alrededor de diez personas bajo un mismo techo, todos pequeños, y sin un cuidado especial para cada uno. Era casi "imposible". Mi madre, por su parte, dormía durante el día porque trabajaba de noche, y eso me dejaba a mí enfrentando esa realidad con una alerta permanente que me acompañó durante años.

Las noches se convirtieron en mi verdadero campo de batalla. A menudo dormía en la misma cama con mi abuela, intentando pegarme a su cuerpo para sentir calor, protección y seguridad. Solo así lograba descansar un poco. Pero incluso allí, en lo que parecía el lugar más seguro, mi tío intentaba tocarme. Abuela, agotada por sus largas jornadas y sumida en un sueño profundo, no alcanzaba a darse cuenta. Yo, en cambio, me aferraba a ella con todas mis fuerzas, abrazándola fuerte, como si así pudiera detener aquellas manos que intentaban arrebatarme la inocencia.

Fue una pesadilla que se prolongó durante años de mi infancia, una etapa en la que aprendí demasiado pronto que la oscuridad podía estar dentro de la misma casa, y que incluso en el calor de los brazos que me daban seguridad, el miedo seguía acompañándome.

El doble abuso: la figura del padrastro

No obstante, en medio de esa lucha silenciosa, dos años más tarde, con apenas 7 u 8 años —edad en que una niña debería soñar y no temer—, mi memoria guarda entre sombras un intento de abuso por parte de mi padrastro.

Aquella noche, abuela no estaba a mi lado ya que dormía junto a ella todas las noches. Se había quedado cuidando a mi tío, sumido en el alcohol, y yo quedé sola en la recámara. Dormir sin ella era como enfrentar un mundo oscuro sin armadura; el miedo se sentía incrustado en mis huesos.

Entre las oscuridad de la recámara , unas manos se posaron sobre mí. Abrí los ojos y, en la sombra, distinguí el rostro que nunca hubiera querido ver en ese lugar: mi padrastro. Entre el miedo y una valentía que no sabía que habitaba en mí, le exigí que se marchara. Lo hizo con pasos apresurados, regresando al cuarto donde dormía con mi madre. Yo, en cambio, quedé atrapada en un mar de confusión y desvelo.

Me refugié en un pequeño espacio junto a la recámara, oculto tras unas cortinas oscuras, como si ese rincón pudiera protegerme. Mis lágrimas corrían en silencio, y mis pensamientos eran un grito ahogado: ¿cómo era posible que, estando tan cerca de mi madre, él pudiera salir y herirme? La confusión me envolvía como un velo espeso que no me dejaba comprender.

Desde ese escondite, lo vi regresar de nuevo, como una sombra que insistía en invadir mi inocencia. Solo me quedaba orar en silencio:

"¡Diosito, ayúdame!".

En esa súplica deposité toda mi esperanza. Permanecí allí, temblando, hasta que la primera luz del amanecer rompió la oscuridad de esa noche interminable.

Mi palabra que no valía

Me atreví a contárselo a mi abuela, mi confidente. Ella, con la intención de protegerme, se lo dijo a mi madre para tratar de resolver la situación.

Desafortunadamente, mi palabra no tuvo valor para ella. En ese instante me sentí acusada de mentir sin serlo; llegué incluso a dudar de mi propio recuerdo. Empecé a pensar que tal vez no había pasado, solo porque mamá no creyó en mí.

Así nació otra etapa de doble defensa: ya no solo debía protegerme del miedo, sino también de la incredulidad de mi propia familia.

Mi padrastro se convirtió en una amenaza física, una sombra constante que marcó mi forma de caminar por la vida. Crecí pensando que la vida era eso: atravesar experiencias infantiles que dolían en silencio, mientras la familia continuaba sus rutinas como si nada sucediera en la casa.

Verlo llegar a la casa cada día despertaba en mí una mezcla de odio y coraje. Tenía pensamientos extremos —imágenes de hacerle daño— que, aunque suene absurdo viniendo de una niña, eran la forma que mi mente buscaba comprender y defenderse. Era una niña herida intentando sobrevivir a lo incomprensible.

La falta de conocimiento de mi madre me dejó un vacío frío. Prefirió creer en la calma aparente de la casa antes que en mi voz temblorosa. Desde entonces aprendí a callar para no ser una carga, a esconder el dolor detrás de una sonrisa y a forjar una coraza que me protegiera tanto del agresor como de la indiferencia de quien debía cuidarme.

En mi cabeza resonaban las frases que me habían quitado el valor:

"Tu palabra no vale."
"Tu madre no te cree."
"No es verdad."

Mi abuela era para mí seguridad, refugio y defensa. Por eso, cuando llegó el momento de separarme de ella, el dolor fue profundo. Ella, mi fuente de protección, se fue a vivir a casa de una de mis tías, mientras que mi madre decidió quedarse en la misma casa donde habitábamos y formar una familia con mi padrastro. Esa decisión, aunque significaba una preocupación menos porque ya no tendría que cuidarme de mi tío, abrió una nueva lucha dentro de mí.

Me sentía como un cachorro asustado y perdido. Recuerdo que me preguntaba en silencio:

"¿Qué voy a hacer ahora? ¿Quién va a protegerme?".

La fortaleza y el carácter autoritario de mi abuela habían sido un muro frente a mi padrastro y mi tío; esa presencia me hacía sentir protegida. Por eso, le pedía con insistencia que me llevara con ella, que no me dejara.

En medio de todo, mi refugio era hablar con Dios. Desde niña creí en Él y, aunque no lo entendía entonces, hoy sé que siempre me sostuvo y me llevó de la mano. Recuerdo cómo, entre lágrimas, le pedía a mi madre nuevamente que me dejara ir con mi abuela, pero ella no lo permitió. Y así, tuve que aprender a enfrentar la vida sin el amparo de quien había sido mi mayor escudo.

Fue entonces cuando entendí que debía aprender a resistir sola. levanté una coraza interior. Y en medio de ese proceso, descubrí que Dios era mi único refugio, el que me sostenía en las noches más oscuras, cuando los brazos de mi abuela ya no podían estar.

La escuela se volvió mi único respiro. Esperaba con ansias los amaneceres, porque allí, aunque fuera solo por unas horas, podía sentirme libre de aquella sombra que me perseguía. Jugar con mis amigas no era únicamente diversión, era también una manera de escapar del ambiente tenso de la casa. Afuera encontraba aire y un poco de alivio; adentro, solo silencio y miradas que me incomodaban.

Rebelión, escapatoria, matrimonio y nuevo dolor

Me volví una niña muy rebelde ya que trataba de sacar lo que me estaba matando por dentro. Ahora lo puedo entender conscientemente: solo buscaba gritar internamente que alguien me escuchara y me creyera, que alguien pudiera ayudarme y entenderme.

Sin embargo, pasa el tiempo y, alrededor de mis 15 años, conozco al padre de mi hija, el cual también entró en una situación de escapatoria, sin saber que inconscientemente estaba entrando a un mundo que sería algo dañino. Claro, era una niña de solo una corta edad, tratando de sentirme adulta, con decisiones inmaduras y huyendo de algo que no le hacía sentir segura y protegida.

Yo, sin saber que también en esa relación pasaría por abuso sexual, abuso doméstico y mental —al punto de llegar al secuestro junto con mi hija por parte de él—, viví esa pesadilla durante varios años. Pero ¿cómo alguien, sin tener una educación apropiada en el tema que enseñara sobre el valor del cuerpo, el respeto y los límites o, al menos, una dirección adecuada, un apoyo, un consejo, una guía; alguien que no conocía del amor familiar —paterno o materno, íntimo— y del amor a sí misma, iba a poder identificar esas agresiones?

Desafortunadamente, desconocía un mundo saludable. Fue una vida repetitiva; inconscientemente lo miraba como algo normal, ya que fue el entorno en el que crecí. Pero cuando, al fin, pude salir de esa relación que me dejó marcada no solo a mí, sino también a mi hija y a parte de mi familia, creí que ya estaba todo bien, que ya tenía una vida tranquila, al menos fuera de la relación con el padre de mi hija.

Capítulo 4
Entre maletas y heridas:
buscando un nuevo comienzo

Al mirar atrás, comprendí que cada herida y cada silencio me habían llevado a forjar una fortaleza que no sabía que habitaba en mí. Sin embargo, esa fortaleza también me impulsaba a buscar nuevos caminos, una vida distinta donde pudiera ofrecerle a mi hija lo que yo no tuve: estabilidad, oportunidades y un futuro mejor. Fue entonces cuando comencé a soñar con dejar atrás el entorno que me había marcado y abrirme a un nuevo horizonte. Así nació en mí el deseo de emigrar, una decisión que me llevó a Canadá y a una etapa de mi vida llena de quiebres, aprendizajes y esperanzas renovadas.

La emigración y la prueba.

Después de algunos años más tarde tomé la decisión de cambiar de panoramas. Pensaba en una vida mejor y más tranquila para mi y mi hija. Aunque tenía una vida cómoda---con mi negocio establecido y exitoso, una casa y un medio de transporte propio, lo cual me daba cierta estabilidad—,aun así decidí irme al país de Canadá. Ese siempre fue mi sueño: conocerlo. Desde niña, cuando veía fotos de aquel país, sus paisajes me parecían tan hermosas que decía que me decía: "Algún día yo viviré allá ".

Algo dentro de mí me aseguraba que sería lo mejor para mi hija: que tendría acceso a estudios de mejor calidad, mayores oportunidades y un futuro más estable. A mí me había tocado estar en escuelas públicas y no pude ingresar a escuelas técnicas —aunque siempre fue mi deseo— porque allí se ofrecían programas más completos y avanzados. Siempre me gustó aprender y mantenerme en constante crecimiento, y lo mismo anhelaba para mi hija.

Sin embargo, no se logró llevarla conmigo, porque no obtuve la firma de su padre para poder trasladarla a Canadá.

Emigrar nunca es fácil. Detrás de cada maleta cargamos sueños, esperanzas… y también heridas. Cuando llegué a Canadá, mi corazón estaba lleno de ilusiones, pero pronto la realidad me golpeó con fuerza.

No sabía dónde iba a trabajar ni dónde iba a vivir. Me sentía sola, en un país que no era mío, enfrentando un futuro incierto.

Durante una semana, una familia me abrió las puertas de su casa. Ya que no podría estar por mucho tiempo eran demasiadas personas, no había suficiente espacio y me tocó dormir en el piso, en medio de una temporada muy fría.Pero fue un respiro, un lugar donde al menos podía descansar, pero sabía que no podía quedarme. Un conocido de ellos me ofreció temporalmente el sótano de su casa mientras buscaba empleo y un lugar estable para vivir. Parecía una solución, un pequeño paso hacia adelante.

Pasé allí un fin de semana, creyendo que las cosas comenzaban a ordenarse. Incluso logré cerrar un contrato con el dueño de la casa para rentar el espacio formalmente, sintiendo que por fin tendría mi propio lugar. Pero entonces todo cambió.

Cuando este chico se enteró del contrato que yo había firmado, su reacción fue violenta. Su enojo creció tanto que intentó agredirme. No entendía la razón de su furia: decía que él no pensaba salir del lugar. Todo fue confuso, porque después cambió repentinamente de actitud.

Al día siguiente me tocó trabajar en un turno pesado: comenzaba a las 4:00 a.m. y regresaba a casa a las 8:00 p.m. Cuando volví, descubrí que, aunque no me lastimó físicamente, había destruido varias de mis pertenencias, incluida mi computadora de trabajo, con la cual llevaba adelante algunos proyectos.

El dueño de la casa se dio cuenta de lo que estaba sucediendo,bajó para poner todo en orden y presenció parte del incidente. Le advirtió que llamaría la policía y lo entregaría, pues siendo migrante y no iba a permitir que maltratara a una mujer. Le exigió que desalojara de inmediato el espacio. El chico desapareció sin dejar rastro.

Yo, en cambio, me quedé confundida, asustada y sin saber qué hacer.

Aquella noche, sentada entre mis cosas rotas, entendí que no solo estaba emigrando a otro país: también cruzando las fronteras de mi propia fortaleza interna. Aprendí a pedir ayuda, a protegerme y, sobre todo, a reconocer que mi valor no dependía de lo que me pasaba, sino de lo que Dios decía de mí.

Cada vez que atravesaba una situación dolorosa, mi refugio era volver mi corazón a Dios. En medio del silencio de mis lágrimas, meditaba en Él y le pedía respuestas, preguntándole cuál era el lugar en el que quería que yo estuviera. Era mi manera de recordarme que no estaba sola, que aun en la oscuridad había una voz divina guiando mis pasos, mostrándome que todo lo vivido formaba parte de un propósito mayor. solo pedía respuestas quería escucharlo en ese tiempo entendí que era momento de conseguir una congregación me acerque a escuchar más de su palabra eso me fortaleció estando en una país desconocido.

En lo más profundo de mi corazón sentía que Dios me llamaba. Era una voz suave pero insistente que me despertaba una necesidad de conocerle más allá de lo que ya sabía. No se trataba de una simple curiosidad, sino de un anhelo profundo de intimidad con Él, de comprender su amor y su propósito para mi vida. Sentía que no bastaba con escuchar hablar de Dios; necesitaba experimentarlo, vivirlo y dejar que su presencia llenará cada vacío de mi ser.

"Cuando pases por las aguas, yo estaré contigo; y si por los ríos, no te anegarán; cuando pases por el fuego, no te quemarás, ni la llama arderá en ti."
— Isaías 43:2

Entre olas y despedidas: La fe que me volvió a levantar

Desde entonces, cada paso que di fue sostenido por la fe. Entendí que el dolor y la incertidumbre no eran señales de derrota, sino parte del proceso para construir mi nueva identidad. Porque incluso lejos de casa, Dios seguía siendo mi refugio y mi roca firme, incluyendo las bendiciones de mi abuela y de mi madre.

Independiente de la tempestad disfruté; y puedo decir que es un país maravilloso: hermoso, con lugares seguros, tranquilos, playas bellas y temporadas frías. Era la primera vez que salía de mi país hacia lo desconocido; no sabía, en realidad, cómo funcionaba todo el sistema de trabajo. La transportación estaba cambiando mi estabilidad, mi negocio e incluso mi comodidad por experiencias nuevas. Literalmente me fui a la aventura sin saber absolutamente nada.

En el transcurso del tiempo, aunque ganando muy poco por un trabajo demasiado pesado logré disfrutar y valorar parte de esa experiencia. Agradecer a Dios por su protección era difícil para mí estar en un País sin familiares aún así continué en la búsqueda, Conocí gente, compañeros de trabajo—a quienes hasta esta fecha saludo—; fueron de gran soporte y ayuda emocional, ya que la mayoría éramos latinos: algunos de Puerto Rico, Ecuador y México. Fue una bella experiencia, a pesar de l o que había ocurrido anteriormente. Mi deseo era quedarme en Toronto, Canadá.

Pero, aproximadamente dos años después regresé a México nuevamente, porque mi deseo era ver a mi hija; saber que ella estuviera bien era todo lo que estaba en mis manos hasta ese momento. CANADÁ es lindo para vivir pero la temporada de frío es un reto, también pensaba que no podía llevarla conmigo, aunque ese era mi anhelo; sentía demasiada impotencia por no poder cambiar las cosas, por no obtener esa firma que me permitiera tenerla conmigo. Aun así, mi pensamiento no era quedarme en México.

Meses atrás ya tenía una relación de plática con mi ahora ex-esposo que conocía de infancia quien vivía en Estados Unidos. Recuerdo que yo pedía a Dios que me gustaría formar una familia, que ya era tiempo de establecer algo si él lo permitía, me sentía arrasada por olas de preguntas sin respuesta: mi hija? mi estabilidad? no lograba sentirla ya que no tenía mente en pensar que hacer por que mi hija no estaba conmigo.Realmente fue una etapa dura que no se como expresarla me sentía atrapada en confusiones de que si ella podía estar segura con su padre.

Mi plan, sin embargo, era ir a España para conocer y, si pudiera, establecerme en esa parte de España, pues escuchaba que había nuevas oportunidades. Además, era uno de mis sueños y deseos: explorar el mundo y conocer culturas, ya que me encantaba investigar sobre países distintos. Aun así, mi cabeza seguía siendo un caos; no encontraba estabilidad por no sentir que mi hija estuviera en buenas manos, pero me tocó aguantarlo. Solo pedía a Dios todos los días que Él fuera su guía en todo momento y que la protegiera.

En mi regreso de Canadá, él me visitó a México y hablamos sobre la posibilidad de ir a visitarlo a Estados Unidos. No estaba muy convencida de viajar a ese país, ya que no era algo que estaba entre mis planes o deseos. Sin embargo, decidí visitarlo en Dallas, TX, dvivía con su familia.

Era una persona a la que tenía demasiado cariño y amor, una figura de amor platónico de infancia; estaba nuevamente enamorada e ilusionada. Pensé que podíamos sostener una relación saludable, ya que nos conocíamos desde muchos años atrás y podíamos formar una linda familia. Tener un esposo, todo eso era mi deseo de mujer. Estaba segura de que Dios había mandado a la persona indicada con la cual tendría una vida para compartir, llena de anhelos, proyectos y paz. Mi corazón lo 32 podía sentir.

Pues resulta que en ese transcurso de mi enamoramiento y decisiones de concluir una vida con él, nuevamente sucedió algo que me mantuvo con esperanza: mi abuela se enfermó. Aun puedo recordar esa llamada con esa voz de súplica:

"Ven a verme, te extraño".

Era mi abuela pidiéndome que fuera a verle.En ese tiempo yo me encontraba con mi novio, tan lejos de ella. Hablé con él y decidí regresar a México; mi deseo era encontrarla, porque esa voz me parecía diferente a las habituales. Sabía que algo ocurría. Todo me parecía confuso; mi corazón presentía algo profundo, era como si me dijera:

"Ven a despedirte quiero verte". Aun siento esa voz llamándome.

Efectivamente pasó lo que mi corazón sospechaba, sufro la pérdida de mi abuela, algo que para mi fue muy doloroso, ya que aún seguíamos siendo tan unidas., No había un solo día que ella y yo—mi "chipa"--- hablábamos hasta tres veces al día. Realmente era algo que valoraba: que ella quería estar pendiente de mí. Seguía siendo una figura de protección; fue dolorosa su pérdida, ya que era un gran sostén emocional para mí, la única figura familiar estable que sentía en ese momento.

El hecho que ella partiera fue como una parte de mi que se desprendiera. Era una figura materna; aunque era mi abuela, crecer con ella con ese amor me apego profundamente.

Después de toda la despedida de mi abuela y de los cambios emocionales, aún estaba en pleno proceso de aceptación y asimilación de esta tristeza que me inundaba el alma. En esta etapa de mi duelo, recuerdo con mucho cariño y agradecimiento que, gracias a ella, pude tomar decisiones diferentes. Esa mujer que un día me dijo que luchara por mis sueños y que me quería tanto, me dio la bendición para ir a buscar lo que tanto yo anhelaba: conocer el mundo y cumplir mis sueños.

Una parte de mi alma me consolaba al pensar que Dios la recogió para que no sintiera más dolor. Estaba tranquila y en aceptación, aunque debo decir que su pérdida fue muy dura para mí. Algo que me aliviaba era saber que ya descansaba y aceptar la buena y perfecta voluntad de Dios.

En ese tiempo de duelo, mi novio y yo platicamos y decidimos casarnos poco después, ya que habíamos hablado sobre formalizar nuestra relación después de varios años de conocernos. Profundamente, estaba segura de que Dios estaba dentro de esta prueba al dar ese paso, porque habíamos desarrollado una comunicación y confianza entre ambos. Además, ya había convivido con su familia, quienes me conocían desde sus visitas a México. Me sentía parte de la familia, ya que los conocía desde mi niñez. Todo era bello y claro desde esas visitas a México. Desde el principio, realmente deseaba ese matrimonio.

La idea de ir a España se frenó y tomó otro rumbo. Ahora puedo decir que era propósito de Dios llevarme por estas olas y decisiones.

Cuando comenzó, todo fue maravilloso; todo fluía bien. Realmente estaba segura de que esta relación sería una bendición en mi vida. Meses después, entre tantas emociones encontradas, llegó un embarazo sorpresivo: tenía felicidad en el corazón y miedo a la vez, porque era algo nuevo formándose dentro de mí después de muchos años. Pensé que mi esposo tomaría la noticia con alegría, que él también estaría contento, ya que éramos muy unidos; creí que, si estabas con la persona que elegiste, desearías un bebé —es algo natural—.

No fue así: no lo vi emocionado; no sabía qué pensar. En esa época yo tenía un trabajo bastante pesado, duro y cansado. Todo lo que estaba pasando hacía que mi mente y mi cuerpo reaccionaran; desafortunadamente, poco tiempo después no continuó mi embarazo. Perdí la gestación. Nuevamente mi cerebro bloqueó; no sabía qué hacer. Sin pensarlo, los patrones repetitivos de mi relación anterior se presentaron en mi matrimonio: abusos domésticos y psicológicos, no solo por parte de él, también de la familia. Era una situación que yo no permitiría nuevamente en esta relación.

Lo amaba, pero me amaba más a mí; ya era suficiente con lo que traía cargando. Llegamos al punto de separación y al divorcio algo que tristemente no estaba en mis planes. Me sentía cansada, agotada, confusa y perdida en otro país que no eran mis raíces, sin familiares ni red de apoyo y, literalmente, sin personas conocidas de confianza. Realmente fue otra etapa en la que estaba tocando fondo: no sentía cuál era mi lugar. Incluso llegué a pensar en no existir más; lo sentía todo como un gran fracaso en mi vida.

En medio de tantas pruebas, cuando parecía que la vida me arrebataba lo más valioso —mi hija, mi esposo, mi familia, mi abuela—, mi corazón sólo encontraba refugio en la meditación con Dios.

Me detenía a preguntarle adónde quería llevarme, cuál era el propósito detrás de tanto dolor y el proceso. A veces no había respuestas inmediatas, solo silencio, pero en ese silencio aprendí a reconocer su voz que me guiaba suavemente.

Comprendí que cada pérdida no era un abandono, sino un llamado a confiar más, a soltar mis fuerzas humanas y dejarme conducir por las suyas. En la soledad y la incertidumbre descubrí que Él siempre estaba presente, que sus caminos eran más altos que los míos y que aun cuando todo parecía romperse, me estaba moldeando para llevarme a un lugar mejor, más fuerte y más lleno de propósito.

Aun así todo seguía siendo como una ola que me revolcaba dentro de la misma profundidad. Estaba confundida por la situación con mi hija, ya que estábamos en desconexión y desconocía parte de su vida. Era todo tan confuso experimentando todo ala vez y sin entender el porqué de lo sucedido; fue como si algo me dijera que todo estaba mal y que tenía que dirigirme hacia algún lugar.Entre en pensamientos de huir, de irme a otro país; no quería regresar a México, pensaba:

"Ya no está mi abuela, no está mi hija".

No tenía una estabilidad familiar para poder regresar; sí tenía a mi madre, pero no quería ocasionar molestia ni quería preocuparla, o regresar con esa cara de fracaso .Tenía ganas de comenzar mi vida de nuevo, pero estaba en blanco y sin dirección.

Yo ya conocía la espiritualidad; conocía de la palabra de Dios y el amor propio. En realidad, ambas me llevaban a lo mismo. Probé otras técnicas espirituales y exploré diferentes medios; aunque ya traía conocimiento de otras prácticas espirituales por cultura, desde chica estuve interesada en descubrir aquello que me diera esperanza dentro de mis adversidades. Hoy entiendo que nada de lo que viví hasta ese momento fue en vano. Cada lágrima, cada silencio, cada golpe de dolor tenía un propósito que en su momento no comprendía. Dios, en su infinita sabiduría y misericordia me permitió pasar por valles oscuros no para destruirme, fue para mostrar Su grandeza.

— • • • —

Parte II
Rompiendo Cadenas

Capítulo 5
Un golpe inesperado a la confianza

Con el tiempo, traté de hacer vida social y familiar con personas que no llevaban mi misma sangre, pero que llegué a apreciar como si fueran parte de la mía. En esos espacios uno baja la guardia, se abre, confía. Jamás pensé que entre esas personas pudiera esconderse alguien que me hiciera daño.

Recuerdo un día en una reunión con amigos y familia, con niños a nuestro alrededor, risas y conversaciones, incluso juegos entre todos que llenaban el ambiente. Todo parecía normal, seguro, cotidiano. Nunca imaginé que, en medio de aquella escena, alguien planea traicionar mi confianza de la forma más inesperada

Aquel hombre, a quien jamás habría señalado como una amenaza, decidió drogarme. Lo hizo en silencio, en una bebida que me ofreció sin levantar sospechas. En cuestión de minutos, mi cuerpo comenzó a apagarse, mi conciencia a desvanecerse, hasta quedar totalmente inconsciente. El último recuerdo que tengo es haber hablado con una de mis pacientes antes de perder el conocimiento.

Lo siguiente que recuerdo es despertar, ya no en la reunión, sino en su domicilio, en su cama. Permanecí más de diez horas inconsciente. No entendía cómo había llegado hasta allí ni quién había movido mi auto hasta su casa.

Mi cuerpo sentía dolor, moretones y marcas en mi cabeza; aún confusa, no podía encontrar la salida de esa casa. Incluso no estaba consciente del camino a mi casa; no recordaba cuál era el camino. Estaba perdida entre lo que desconocía hasta ese momento.

Otra marca en mi vida. Solo entonces comprendí que el daño ya estaba hecho. Nuevamente, otro abuso sexual sobre mí había ocurrido, pero esta vez aún más horroroso: mi cuerpo estaba inconsciente, mi mente apagada.

Te cuento ahora desde la experiencia: es un acto que marca aún más el cerebro y la memoria, porque queda grabado. Mi inocencia y la confianza, una vez más, habían sido vulneradas, y mi confianza traicionada en lo más profundo.

Ese día confirmé lo frágil que puede ser la confianza cuando se deposita en manos equivocadas. Y aunque esa experiencia me llenó de dolor, también me enseñó que incluso allí, en medio de la oscuridad, había una voz interior que me recordaba: *"No eres lo que te hicieron, no eres la maldad de otros; sigues siendo hija de un Dios que te rescata y que te sostendrá."*

También comprendí que el peligro puede venir disfrazado de cercanía, y que incluso en ambientes que parecen seguros, el mal puede estar presente. Fue una experiencia que dejó marcas profundas, no solo en mi cuerpo, sino en mi capacidad de confiar.

Hoy, sin embargo, lo relato porque sé que mi voz no es solo mía: es un eco que puede despertar a otras, un aviso para quienes aún creen que el silencio protege, y un testimonio de que incluso después de la traición más inesperada, la vida puede volver a levantarse.

"Aunque ande en valle de sombra de muerte, no temeré mal alguno, porque tú estarás conmigo; tu vara y tu cayado me infundirán aliento."
— *Salmos 23:4*

Sanidad en medio del caos

Mi vida ha estado marcada por distintos tipos de dolor. De niña sufrí el abuso de un familiar que quebró mi inocencia. Más tarde, dentro de relaciones de pareja, volví a experimentar el peso del abuso y la violencia. Y, cuando pensé que ya no podría sorprenderme el dolor, alguien a quien apreciaba y jamás hubiera imaginado que me haría daño traicionó mi confianza.

Cada una de estas experiencias parecía arrancarme algo de mí: mi seguridad, mi voz, mi confianza en los demás. Llegué a creer que merecía tanto sufrimiento, que quizá mi destino era vivir atrapada en heridas que nunca cerrarán.

A veces siento que mi vida fue como esas olas que van y vienen, que te revuelcan entre la arena sin darte tiempo de respirar. No sabes si han llegado para limpiarte o para lastimarte, si vienen a refrescarte o a sacudirte con fuerza. Así eran mis días: golpes inesperados que me arrastraban, confusión que me hundía. Pero ahora lo que me queda claro es que cada ola fue una manera de despertarme, de sacudir el polvo de mi alma para mostrarme que había llegado el tiempo de descubrir mi verdadera identidad. Aunque dolió, comprendí que no me estaba destruyendo, sino preparándome para renacer.

Qué es el abuso sexual

El abuso sexual no siempre implica violencia física extrema. A veces ocurre disfrazado de juegos "inocentes", secretos "entre tú y yo", toques no deseados, palabras o miradas que rompen la inocencia de un niño. En la adultez puede tomar la forma de manipulación, chantaje emocional, miedo o coerción.

El abuso sexual es cualquier acto sexual que se comete sin consentimiento, usando la vulnerabilidad, el miedo o la confianza de la víctima.

El abuso **nunca** es culpa de la víctima.
No importa la edad, la ropa, el lugar ni la relación con el agresor.
El único responsable es quien cruza esa línea y daña.

Cómo me impactó en mente, cuerpo y alma

El trauma no solo marcó mis recuerdos, también dejó huellas en mi mente, en mi cuerpo y en mi alma. Era como si cada herida invisible buscará una salida, y mi salud comenzó a reflejar. Enfermaba con frecuencia, y llegaron a mí diagnósticos médicos. Cada síntoma parecía recordarme que el dolor guardado en silencio también habla a través del cuerpo.

Mi mente se sentía atrapada en un torbellino de pensamientos, mi alma cargaba con un peso que parecía imposible de soltar, y mi cuerpo se volvía el lienzo donde se expresaba todo aquello que yo callaba. Fue entonces cuando entendí que el trauma no se vive únicamente en el pasado: habita en el presente, se manifiesta en la salud y limita la vida si no se enfrenta.

Pero también descubrí que, así como el dolor impacta todas las áreas del ser, la sanidad puede alcanzarlas a todas. Cuando comencé a mirarme con compasión, a buscar ayuda profesional y, sobre todo, a rendir mi historia en las manos de Dios, entendí que había un camino de restauración. Él no solo quería sanar mis emociones, también levantar mi cuerpo y renovar mi espíritu, mostrándome que su propósito iba más allá de mi enfermedad: quería transformarme para ayudar a otros a creer en la esperanza.

Hay heridas que nadie nota. Heridas que no sangran por fuera, pero que por dentro duelen como si el alma estuviera rota. Son esas cicatrices invisibles que deja el abuso, el abandono o la traición. Durante años sentí que mi herida era tan profunda que jamás podría cerrarse.

Me preguntaba si algún día volvería a sentirme completa. No conocía una vida llena de paz; después de tanta oscuridad, me parecía imposible. Pero fue en mi momento más quebrado cuando comprendí que Dios no solo ve lo que los demás ignoran, sino que Él puede sanar lo que parece imposible de restaurar.

"Él sana a los quebrantados de corazón, y venda sus heridas."
— Salmo 147:3

Hoy puedo decir que, aunque mi herida fue invisible para muchos, Dios la vio, la tocó con su amor y comenzó a sanar desde adentro.

Reconocí para empezar a sanar

Comenzar esta faceta nueva de transformación propia me llevó a demasiadas cuestiones internas y a mirar dentro de mí como si fuera un territorio desconocido. **Entendí que cada día crecía mi curiosidad por explorar, como una niña ansiosa por descubrir.**

Sanar no es fácil, pero he aprendido que no tengo que hacerlo con mis fuerzas solamente. Cuando siento que ya no puedo más, encuentro refugio en la presencia de Dios, que me sostiene y me da valor para seguir adelante.

"El Señor es mi fortaleza y mi escudo; en él confió mi corazón, y fui ayudado; por lo que se gozó mi corazón, y con mi cántico le alabaré."
— Salmo 28:7

En Dios he hallado el coraje para levantarme cada día y la certeza de que mi vida puede ser restaurada.

-A través de una vida espiritual con la que más te adaptes y llegue a tu corazón la intención es fortalecer nuestro vínculo propio a través del amor que ya llevamos dentro.

-A través de ayuda profesional con verdaderas personas entregadas a ayudarte en tu proceso de sanación y de reencuentro personal. (Psicólogas y Mentores profesionales en la FE y dedicados a guiarte con amor sin juzgarte).

A lo largo de mi vida, incluso en medio de las pruebas más dolorosas, siempre permanecí en constante aprendizaje. Me formé aprendiendo en el área de la medicina y terapias alternativas, psicología, y trauma con libros, mentores y herramientas que me llevaran a la respuesta, biodescodificación, constelaciones familiares, mentorías, nutrición y diversas ramas de la medicina integral, porque entendí que sanar no solo es cuestión del cuerpo, también del alma y la mente.

Sin embargo, aun con todo ese conocimiento, sentía que no avanzaba. Ayudaba a las personas a mi alrededor, pero dentro de mí había heridas que necesitaban atención.

Fue entonces cuando Dios abrió el camino y me llevó a encontrar psicólogas profesionales, mujeres entregadas con amor a su vocación, que decidieron caminar conmigo en mi proceso. Al mismo tiempo, profundicé en el estudio de Su Palabra, y descubrí que la verdadera transformación no viene solo del conocimiento humano, también de la combinación del amor de Dios y las herramientas correctas.

Ambas Herramientas, juntas comenzaron a darme claridad, a enseñarme a aceptar y a mirar con esperanza las oportunidades que Él había preparado para mí.

Hoy entiendo que todo este proceso ha sido parte de un gran propósito divino: que mi vida se convirtiera en un instrumento para compartir conocimiento, experiencia y fe. Como mentora, terapeuta física y quiropráctica, mi misión es acompañar a otros en su proceso de sanidad, ayudándoles a romper cadenas generacionales, a redescubrir el amor propio y a transformar sus heridas en propósito.

Creo firmemente en lo que dice la Palabra:

"Y conoceréis la verdad, y la verdad os hará libres" (Juan 8:32).

Esa verdad me liberó a mí, y hoy es la que comparto con mi hija, con mi familia y con cada persona que Dios pone en mi camino. Porque sé que, cuando el amor de Dios se une al conocimiento y a la entrega profesional, la sanidad se vuelve integral, y la vida se transforma en plenitud.

Un mensaje para ti

Hablar de abuso duele. Recordar puede abrir heridas. Pero ponerle nombre a lo que pasó, aunque sea doloroso, es la llave que abre la puerta de la sanación. Reconocer la herida no la hace más grande: la hace visible para poder atenderla.

Si alguna parte de este capítulo resuena contigo, quiero decirte algo: estás dando un paso valiente al mirar tu herida de frente. Aquí no hay vergüenza ni juicio. Hay compasión y esperanza.

Porque, aunque tus heridas formen parte de tu historia, no te definen. Lo que te define es tu decisión de sanar, amarte y transformar el dolor en una fortaleza indestructible.

● ● ●

Capítulo 6
Cuando el dolor se vuelve secreto

El peso de callar

Durante mucho tiempo creí que, si guardaba mi dolor muy dentro, algún día desaparecería. El silencio se convirtió en una estrategia: callar por miedo, por vergüenza, por culpa. Pero el dolor no se evapora; crece en silencio y se instala en la vida cotidiana, disfrazado de ansiedad, insomnio, relaciones rotas, soledad o ese persistente sentir de no ser suficiente.

Mientras más escondía mi herida, más peso adquiría. La ansiedad se volvió huésped: sonrisa por fuera y gritos ahogados por dentro; palabras atascadas en la garganta; pesadillas que quebraban las noches; una tristeza sin nombre que arrastraba ecos de una niñez que no quise revisitar. Creí que si nadie lo veía, quizás dejaría de doler. Aprendí, sin embargo, que esa estrategia sólo alimentaba la herida.

La verdadera sanidad empezó cuando me atreví a soltar. No fue un gesto heroico de fuerza propia, sino la decisión humilde de echar mi carga en las manos de Dios. Entregué lo que había guardado tanto tiempo y descubrí que Él no quiere que llevemos solos el peso de nuestras heridas; su corazón está dispuesto a recibir todo nuestro quebranto.

"Echando toda vuestra ansiedad sobre él, porque él tiene cuidado de vosotros." (1 Pedro 5:7)

Hoy sé que la libertad nace de esa entrega: reconocer la herida, pedir ayuda profesional cuando es necesario, y rendir el dolor al Señor. Sanar implica valentía para hablar, para buscar soporte, y para permitir que la gracia y la verdad de Dios transforme la herida en propósito. Así, el silencio deja paso a la palabra que libera; la noche a la luz; la carga a la esperanza.

Si cargas algo hoy, no lo ocultes más. Busca ayuda, ora, confía y permite que el amor de Dios y las herramientas adecuadas te acompañen en el camino de la sanidad. Porque cuando entregas lo que te pesa, Él no solo escucha: transforma.

Miedo de ser juzgada y de que no me creyeran

Tenía miedo.

Miedo a ser juzgada.

Miedo a que no me creyeran.

Miedo porque de niña, cuando hablé, mi voz fue silenciada.

El silencio se volvió un veneno lento: me llenó de inseguridades, me hizo sentir pequeña y culpable de algo que nunca fue mi culpa.

Tardé más de treinta años en atreverme a decir: "Esto me pasó. Esto me dolió. Y lo callé toda mi vida."

Ese día descubrí que Dios nunca me juzgó; al contrario, siempre miró mi corazón.

"Y Jehová respondió a Samuel: No mires a su parecer, ni a lo grande de su estatura, porque yo lo desecho; porque Jehová no mira lo que mira el hombre; pues el hombre mira lo que está delante de sus ojos, pero Jehová mira el corazón."
— 1 Samuel 16:7

El silencio protege al abusador, no a la víctima

Guardar el secreto nunca me protegió a mí. Lo protegió a él... o a ellos o ellas. El silencio se volvió un muro que lo encubría a él mientras a mí me dejaba desnuda frente al miedo, cargando sola la culpa de un crimen que jamás fue mío. Hoy lo sé y lo declaro con firmeza: el abuso nunca fue mi culpa. Nunca es culpa de quien lo sufre.

Callar fue un peso que me robó años de libertad. Hablar no borra lo sucedido, pero abre la puerta a algo más grande: la sanidad. Nombrar la verdad fue el inicio de mi transformación. Cuando decidí romper el silencio, ya no me vi solo como víctima; comencé a reconocerme como una mujer valiente, una sobreviviente, una voz que inspira a otras voces que todavía tiemblan en la oscuridad.

La Palabra de Dios me enseñó que su verdad tiene poder para liberarnos: "Y conoceréis la verdad, y la verdad os hará libres." (Juan 8:32). Ese versículo se convirtió en mi estandarte. Porque la verdad, cuando se habla en fe, no destruye: sana, ilumina y te da la Identidad.

Hoy elijo usar mi voz como un faro. Mi historia, antes cargada de vergüenza, ahora es un testimonio que abre caminos. Porque cuando una voz se atreve a romper el silencio, miles de cadenas comienzan a caer.

Si tú también guardas un secreto parecido

Si estás leyendo esto y guardas dentro de ti un secreto que pesa tanto como el mío, quiero decirte algo: cuando estés listo o lista, no tienes que cargarlo solo.

Habla. Escribe. Busca ayuda. Busca una persona segura. No temas a las lágrimas: cada una de ellas lava un poquito de la vergüenza que no te pertenece.

Hablar duele, sí. Pero mucho más duele vivir toda una vida silenciando a tu niño interior, que solo quiere ser escuchado y abrazado.

Hoy puedo decirlo sin miedo: mi dolor se volvió mi fuerza, y mi silencio roto se convirtió en mi libertad. Y deseo que tú, que estás leyendo estas líneas, algún día puedas decir lo mismo.

El impacto silencioso de un abuso en la infancia o adultez

Ya sea en la niñez o en la adultez, el abuso sexual quiebra lo más profundo: la seguridad. Rompe la idea de que el mundo es un lugar seguro y de que tenemos derecho a decidir sobre nuestro propio cuerpo.

Sanar es un proceso. Requiere tiempo, acompañamiento y amor propio. No se trata de olvidar, es de aprender a vivir sin que el dolor controle cada paso. Hablar, pedir ayuda y compartir la historia con personas de confianza puede ser el inicio de una nueva etapa: la de reconocernos como seres dignos de amor, respeto y libertad.

La herida existe, sí, pero no tiene poder para definir quién eres ni cuánto vales. Dios lo recuerda en Su Palabra:

"He aquí que yo hago nuevas todas las cosas" (Apocalipsis 21:5).

Tú no eres tu herida. Eres tu resiliencia, tu valentía y el propósito que Dios tiene para tu vida.

— • ● • —

Capítulo 7
Romper el Silencio

Callar duele, en ocasiones creemos que hablar duele aún más. Durante años pensé que abrir la boca y contar mi verdad era peligroso. Que si lo decía, algo rompería vínculos en mi familia y sería juzgada entre ideas de una niña inocente creyendo que decepcionará a mi abuela y a madre o provocaría algo peor. En mi mente de niña, luego de joven, y después de adulta, yo creía que era más seguro ocultar mi historia en lo profundo como si así pudiera enterrarla dentro de mí para siempre.

Incluso cuando me acerqué a psicólogos, en mi juventud me temblaba la voz. Sentía tanta vergüenza que aún así seguía callando mucha parte de lo sucedido o tal vez bloqueado por tanta culpa y vergüenza que aún estaba en mi ,mis labios se volvían piedra en el momento de querer hablarlo

 ¿Cómo poner en palabras algo que me rompió de pequeña y siguió marcando cada etapa de mi vida?

¿Cómo hablar de lo más sucio que me pasó, si yo misma me sentía sucia por dentro?

Pero aprendí —a golpes, lágrimas y silencios— que callar no me salvaba: me ahogaba lentamente e incluso marcó mis relaciones personales y socialmente. Hablar era mi única forma de empezar a respirar sin miedo.

Decidirlo y hablarlo: un paso valiente

En más de treinta años de vida entendí algo esencial.

No existe un momento perfecto para romper el silencio, existe tu momento. El mío llegó después de tres décadas arrastrando una culpa que nunca fue mía. Fue en un día común, con la voz temblorosa y el corazón latiendo en la garganta. Y aunque dolió, esa fue la primera vez que sentí que la niña que fui por fin descansaba.

Dios promete restaurar incluso después de la prueba más dura:

"Mas el Dios de toda gracia, que nos llamó a su gloria eterna en Jesucristo, después que hayáis padecido un poco de tiempo, él mismo os perfeccione, afirme, fortalezca y establezca." (1 Pedro 5:10)

Hablar es un acto de valentía. Es abrir la puerta a la sanidad y dar un paso hacia la vida que Dios siempre quiso para ti: una vida libre, fuerte y llena de propósito. Y en mi caso, fue también el inicio de algo más: convertir mi experiencia en una herramienta de transformación para otros. Hoy soy mentora, y mi voz, antes silenciada, ahora inspira a quienes buscan romper sus propias cadenas. Porque cada herida entregada a Dios puede convertirse en un puente de esperanza para alguien más.

¿A quién contarle y cómo hacerlo?

Cuando decidas romper el silencio estos pasos me ayudaron a mi avance:
- Busca primero a alguien de confianza: Tu madre, un hermano, una amiga verdadera. Alguien que sepas que guardará tu verdad como un tesoro y no como juicio.

- Técnicas de Meditación en la palabra para tu cuerpo mente y alma:

  En la verdad de la palabra, para mí fue la fuente principal que me dio fortaleza sobre todo paz para tener el valor de aceptación y valentía para sostener el proceso, es duro permanecer en la sanación cuando tú mente está incrustada en ideas generadas erróneamente pero Dios restauró cada pensamiento y actitud en mi recorrido dé sanación. Como dice en

  Salmos 37:17-18

  "Porque los brazos de los impíos serán quebrados; Mas el que sostiene a los justos es Jehová ,Conoce Jehová los días de los perfectos,Y la heredad de ellos será para siempre."

- **Un terapeuta especializado en trauma sexual:** puede ser un primer oído seguro, si no encuentras a alguien cercano. Asegúrate que tu cuerpo y tu palabra se sienta segura y protegida con personas expertas, comienza a escucharte y conectarte con lo que te hace sentir cómoda (o).
- **No te obligues a decirlo todo de golpe:** empieza con lo que puedas. Una frase, un mensaje, una carta, si eso te hace sentir más segura (o).
- **Prepárate emocionalmente:** no todos reaccionan como esperas, pero lo importante es que lo digas por y para ti. es un filtro para poder eliminar lo que te ahoga.

Recuerda: tu voz es tuya, tu historia es tuya y tu verdad también. Merece ser escuchada con respeto.

Hoy puedo decirlo con el corazón tranquilo: rompí mi silencio, y mi voz es ahora mi fuerza. Que la tuya también sea tu fortaleza. Aunque tiemble al principio, un susurro hoy puede convertirse mañana en un grito de libertad e identidad.

"Bendeciré a Jehová en todo tiempo; Su alabanza estará de continuo en mi boca.

[...] Busqué a Jehová, y él me oyó, y me libró de todos mis temores. Los que miraron a él fueron alumbrados, y sus rostros no fueron avergonzados."
— Salmos 34:1-11

Sanar es un viaje

Cuando finalmente hablé, después de treinta años de silencio, pensé que todo ese peso se separaría de mi pecho en un instante. Que contar mi verdad sería suficiente para dejar atrás el dolor y saber cuál era mi verdadera identidad.

Pero descubrí que sanar no es un acto único, sino un proceso. Un viaje largo, lleno de días luminosos y otros tan oscuros que parecen no tener final.

Sanar no sucede de la noche a la mañana. No hay atajos. Y aunque duele admitirlo, a veces una parte de ti siempre sentirá esa cicatriz. Pero con amor, tiempo y compromiso, la herida deja de ser un pozo sin fondo para transformarse en un lugar que ya no te controla.

Hoy puedo decirlo con honestidad: no ha sido fácil. Hubo días en que pensé que no podría más, en que la vergüenza y la rabia eran más fuertes que cualquier consuelo, en que dudé de mi valentía o incluso de seguir viviendo. Pero aquí estoy. Y si algo he aprendido es que sanar no es lineal. Sanar es un viaje que vale la pena emprender.

La herida no desaparece de un día para otro

Si has vivido esta experiencia —sobre todo en la infancia— es normal que quieras que todo pase rápido: que la ansiedad se acabe, que los recuerdos se vayan, que tu corazón deje de doler.

Pero la sanación real no funciona así. Yo misma pasé años intentando ignorar lo que había vivido, y otros años queriendo correr más rápido de lo que mi corazón podía sostener.

Hay días en que te sentirás fuerte y otros en que sentirás que vuelves al punto de partida. No es retroceder: es parte del proceso. Cada vez que te permites sentir, llorar o hablar, estás avanzando, aunque no lo notes.

Sanar no es olvidar. Sanar es aprender a mirar tu historia sin que te destruya.

"El verdadero guerrero no abandona la batalla: sufre, llora, ríe y no vuelve atrás. Si cae, se levanta confiado en que Dios le dará la victoria."
— Isaías 40:31

Terapias y acompañamiento profesional en mi proceso

Después de romper mi silencio, me sentía rota, confundida y expuesta. Fue entonces cuando entendí que no podía hacerlo sola. Buscar ayuda profesional fue un paso de humildad y de amor propio, aferrada al propósito que Dios tenía para mí en este transcurso.

He pasado por psicólogas que me escucharon sin juzgar, que me ayudaron a comprender que lo que me ocurrió no define mi valor. También participé en talleres de autoayuda, donde encontré personas que habían vivido historias similares y donde pude compartir mi dolor sin vergüenza.

Si estás en este camino, quiero decirte que pedir ayuda no te hace débil. Te hace valiente. Te hace responsable de tu propia vida. Y aunque la terapia no es mágica ni siempre cómoda, cada sesión puede convertirse en un paso hacia tu libertad interior.

Si no sabes por dónde empezar:

- Busca psicólogos especializados en trauma y abuso sexual.
- Infórmate sobre grupos de apoyo presenciales u online.
- Investiga talleres de autocuidado y sanación emocional y espiritual.
- Habla con tu médico de confianza si necesitas orientación.

No tienes que hacerlo todo al mismo tiempo. Solo empieza por un paso. Eso fue de gran apoyo y utilidad para mí.

Pequeñas prácticas de autocuidado diario

Mientras avanzaba en este viaje, descubrí que sanar también significa cuidar de mí en lo más simple: mi mente, mi cuerpo, mi corazón y mis espacios.

Algunas prácticas que me sostuvieron:
- Escribir: poner en papel mis recuerdos y emociones me ayudó a comprenderme y a liberar lo que no podía decir en voz alta.
- Movimiento suave: caminar, bailar o estirarme me conectaba con mi cuerpo, recordando que soy dueña de él.
- Respirar: cuando la ansiedad aparecía, cerrar los ojos y tomar respiraciones lentas me traía de vuelta al presente.
- Poner límites: aprender a decir no sin culpa ha sido una de las formas más grandes de sanar.
- Pedir ayuda: no cargar sola mis emociones me salvó más de una vez.
- Rodearme de personas que suman luz: alejarme de quien minimizaba mi historia o me hacía sentir menos.
- Agradecer mis avances: celebrar cada paso, aunque parezca pequeño.

Si hoy te sientes agotada (0), confundida o rota, por favor recuérdalo: sanar es un viaje, no un destino. Y cada día que eliges seguir, estás ganando. Sé paciente y empatiza contigo.

Hoy, después de tanto tiempo, sigo caminando este trayecto. A veces con pasos seguros, otras con pasos temblorosos. Pero cada uno de ellos me acerca un poco más a la paz y a la certeza de que soy mucho más que las circunstancias.

Comprendí que esas pequeñas prácticas, tan sencillas pero tan poderosas, me estaban preparando para algo más grande: convertirme en mentora. Dios me mostró que mi transformación no era un proceso aislado, sino un puente que me conectaba con otros. Mi sanidad, mi disciplina y mi fe se convirtieron en herramientas para inspirar y acompañar a quienes buscan también reencontrarse con su propósito.

"¿O ignoráis que vuestro cuerpo es templo del Espíritu Santo, el cual está en vosotros, el cual tenéis de Dios, y que no sois vuestros? Porque habéis sido comprados por precio; glorificad, pues, a Dios en vuestro cuerpo y en vuestro espíritu, los cuales son de Dios."
— 1 Corintios 6:19-20

—— • ● • ——

Capítulo 8
El Perdón: la libertad que me dio Dios

Perdonar nunca fue fácil. Durante años guardé en mi corazón resentimientos, heridas abiertas y silencios que pesaban como cadenas. Mi historia fue marcada por el dolor causado por quienes más cercanos debieron haberme protegido: mi tío, mi padre, mi madre, y más tarde, mis parejas, e incluso la persona que abusó de mi confianza.

Al comenzar mi proceso de sanidad y romper estas cadenas, comprendí que Dios me llamaba a soltar aquello que me mantenía atada. El perdón no significó justificar lo que me hicieron, ni olvidar lo que sucedió. Significó librarse del veneno que el rencor estaba depositando en mi alma.

Perdonando a mi madre

Una de las heridas más difíciles de mi vida fue la relación con mi madre. De niña, yo esperaba de ella protección, refugio y cuidado, pero no siempre lo encontré. El dolor más profundo vino cuando le conté lo que estaba pasando con mi padrastro y ella no me creyó. Ese momento marcó mi corazón de una manera que me acompañó durante años, porque no solo estaba enfrentando el abuso, sino también la incredulidad de la persona que más debía protegerme.

Por mucho tiempo guardé enojo, tristeza y un vacío que parecía imposible llenar. Me preguntaba una y otra vez: "*¿Por qué no me cuidó?, ¿por qué no me creyó?*". Esa falta de respaldo me hizo sentir invisible y desprotegida.

Sin embargo, cuando comencé mi proceso de sanidad, Dios me mostró que para avanzar tenía que soltar también esa herida. Perdonar a mi madre no significa olvidar lo que pasó, sino entender que ella también tenía sus propias limitaciones, sus miedos y sus batallas internas que le impidieron darme lo que yo necesitaba.

Fue Dios quien me dio la fortaleza para mirarla no solo como madre, sino también como una mujer rota que, desde su dolor, no supo cómo defenderme. En oración, con lágrimas en mis ojos, le entregué a Dios ese resentimiento. Y en ese momento entendí que el perdón me liberaba y a ella también..

Hoy puedo decir que la perdoné. Perdoné su silencio, su falta de conocimiento y su falta de cuidado. Y al hacerlo, sentí cómo se abría un espacio nuevo en mi corazón para la paz y la libertad.

"Honra a tu padre y a tu madre, que es el primer mandamiento con promesa."
(Efesios 6:2)

"Os daré un corazón nuevo, y pondré espíritu nuevo dentro de vosotros; y quitaré de vuestra carne el corazón de piedra, y os daré un corazón de carne."
(Ezequiel 36:26)

Hoy abrazo a mi madre desde un lugar distinto: desde el amor que Dios sembró en mí. Ya no lo cargo como una cadena. Lo transformé en un testimonio de que el perdón es posible aun en las heridas más profundas.

Hoy en día llevo una buena relación con mi madre. El liberarme me hace amarla y respetarla por el simple hecho de ser quien me dio la vida y ser la madre escogida por Dios para mí.

Te amo, mi bella Tony con mi corazón.

El encuentro y la despedida con mi padre

Durante mis primeros años de vida, hasta los tres no recuerdo con exactitud, mi padre convivió conmigo. Recuerdo destellos de su presencia, pero un día simplemente desapareció de mi vida. Se fue a los Estados Unidos y desde entonces mi madre nunca volvió a saber de él.

Crecí con esa ausencia marcada en mi corazón, con el anhelo de tener esa figura paterna que tanto necesitaba. Y aunque el tiempo pasó, en mi interior siempre estuvo la inquietud de buscarlo, de saber quién era y de tener, aunque fuera tarde, un vínculo con él.

Fue a mis veintitrés años cuando decidí emprender esa búsqueda. A través de una de sus sobrinas logré encontrarlo. Recuerdo el día en que nos reencontramos: pude verlo frente a mí y presentarle a mi hija, su nieta. Ese momento estuvo cargado de emociones. Sentí que, de alguna manera, se cerraba un vacío y se abría la esperanza de que por fin podría conocer lo que era tener un padre.

Después de ese día, acordamos mantenernos en contacto. Hablábamos poco, pero esas pequeñas conversaciones significaban mucho para mí. Sin embargo, la ilusión duró poco. Pasados unos meses, un día recibí un mensaje suyo que marcó mi corazón: me pidió que no lo buscara más, porque no quería ocasionar problemas con su esposa.

Fue un golpe duro, una herida que se reabrió. En mi interior estaba el deseo profundo de tenerlo cerca, de que mi hija pudiera experimentar el calor y la figura de un abuelo por parte de mi lado de la familia. Pero ese mensaje fue claro y definitivo. Con respeto le respondí que no era mi intención causarle problemas, y que no volvería a buscarlo. Y así fue: nunca más volví a saber de él.

Ese silencio posterior me enseñó una lección dolorosa pero necesaria: a veces la sanidad no llega de la manera que uno espera, sino en aprender a aceptar y soltar lo que no podemos cambiar.

"Y cuando estéis orando, perdonad, si tenéis algo contra alguno; para que también vuestro Padre que está en los cielos os perdone a vosotros vuestras ofensas."
(Marcos 11:25)

Perdonar a mi familia

Perdonar a mi tío fue una de las decisiones más duras. Durante años lo vi como el rostro del abuso inhumano. Pero comprendí que seguir cargando ese odio me robaba la paz que Dios quería darme. Fue en oración, derramando lágrimas frente a Dios, que logré decir:

"Te entrego a mi tío, y decido perdonarlo, aunque mi espíritu carnal no lo entienda".

A mi madre y a mi padre también tuve que perdonarlos. No por lo que hicieron o dejaron de hacer, sino porque entendí que ellos también estaban rotos, y, en su dolor me dañaron sin saber sanar sus propias heridas. Perdonarlos fue soltar la expectativa de que me dieran lo que no conocían.

Perdonar a quienes me hicieron daño y marcaron mi historia

Las parejas que me hirieron dejaron cicatrices profundas: promesas rotas, engaños, humillaciones. Y, sin embargo, aprendí que el perdón es la llave que abre la puerta a un futuro nuevo. Sanar esas memorias fue reconocer que, aunque marcaron parte de mi historia, no determinarían mi destino.

Incluso decidí perdonar a las personas que con intención oscura intentaron herirme, a los que me señalaron, juzgaron o traicionaron. Al liberar a otros de mis cadenas, descubrí que yo misma era la que quedaba libre.

"Antes sed benignos unos con otros, misericordiosos, perdonándoos unos a otros, como Dios también os perdonó a vosotros en Cristo."
(Efesios 4:32)

La libertad del perdón

Hoy puedo decir con certeza: soy libre. El perdón me devolvió la risa, me devolvió el sueño, me devolvió la capacidad de amar sin miedo. El perdón sanó mis recuerdos y me permitió ver mi pasado como un testimonio y no como una condena.

Cada día practico una meditación profunda conmigo y con Dios. Me arrodillo, cierro mis ojos y dejó que Su Espíritu Santo fortalezca mi carácter, para que lo que antes fue amargura ahora sea amor; para que lo que antes fue debilidad ahora sea fortaleza.

"De cierto os digo, que todo lo que atéis en la tierra será atado en el cielo; y todo lo que desatéis en la tierra será desatado en el cielo."
(Mateo 18:18)

En momentos de la vida podemos sentirnos incomprendidos o incluso rechazados por quienes más esperábamos amor y cuidado. Esa herida pesa, marca y muchas veces nos hace creer que estamos solos. Pero la verdad es que nunca lo estamos. La Palabra nos recuerda:

"Aunque mi padre y mi madre me dejaran, con todo, Jehová me recogerá." (Salmos 27:10).

Este versículo ha sido para mí un ancla de fe, porque me recuerda que el amor de Dios no falla. Donde hubo ausencia, Él trajo presencia; donde hubo rechazo, Él me cubrió con aceptación; donde hubo dolor, Él sembró propósito. Hoy entiendo que mi historia, aun con sus vacíos, fue sostenida siempre por Su mano poderosa.

Y ese mismo Dios que me levantó, quiere levantarte a ti también. No importa quién te haya dejado atrás, Él jamás te soltará. En su amor encontrarás la fuerza para sanar, la valentía para seguir y la resiliencia para convertir tu dolor en propósito.

— • • • —

Parte III
De la Resiliencia y
Restauración

Capítulo 9
Historia de Resiliencia

Hablar de resiliencia no significa negar que nada pasó o que no me dolió. Mi historia no es una línea recta de superación ni un camino fácil lleno de flores. Es un sendero con cicatrices, con días donde la herida se sentía más viva que nunca y con momentos en los que pensé que nunca volvería a sonreír sin sentirme rota.

El abuso no solo dejó heridas en mi corazón: marcó mi cuerpo y mi mente. Durante años, mi cuerpo se convirtió en un recordatorio de lo que me quitaron. Cada vez que lo miraba en el espejo no veía belleza: veía vergüenza. Me sentía sucia, indigna, y cargaba con la culpa como si fuera mía. Las emociones se mezclaban con síntomas físicos.

En mi mente, el daño fue aún más profundo. Vivía atrapada entre recuerdos que no pedí, con una voz interna que me decía que no valía nada, que nadie me creería. Las palabras «es tu culpa» resonaban aunque supiera que no era cierto. Y en lo social, aprendí a guardarlo. Me aislé muchas veces porque sentía que nadie entendería lo que pasaba en mi interior o, simplemente, me sentía agotada emocionalmente sin saber que era mi subconsciente.

Sanar no ha sido rápido. He llorado en terapia, he dudado, he querido rendirme. Pero aquí estoy. Cada día que elegí seguir, que elegí cuidarme, que elegí no quedarme en la oscuridad, fui escribiendo una nueva versión de mí misma: una versión que no se define por lo que me hicieron, sino por lo que he decidido ser. En creer y crear.

Resiliencia no significa que el dolor nunca existió; significa que decidí no quedarme en él. Significa que tomé los pedazos rotos y, con ayuda de Dios, la terapia y el amor propio, empecé a construir algo hermoso.

Hoy soy prueba viva —y doy gloria a Dios por esto— de que la herida puede marcar tu historia, pero no tu destino. Y si tú, que me lees, sientes que tu vida terminó el día que alguien te robó la inocencia, quiero decirte algo: ese no fue tu final. Es el inicio de una fuerza que aún no conoces.

"Aunque caiga, no quedará derribado, porque Jehová sostiene su mano."
(Salmo 37:24)

Mi voz que sobrevivió y floreció

Hubo un tiempo en que mi voz solo existía en mi interior, ahogada entre lágrimas y miedos. Dentro de mí había un grito desesperado que nunca salió, palabras que deseaban escapar pero quedaban atrapadas en la garganta. Quise gritar "¡Ayúdame!" tantas veces, pero el temor y la culpa me silenciaron.

Hoy entiendo que aunque mi voz no se escuchó entonces, nunca estuvo perdida. Dios la guardaba, la cuidaba, la fortalecía en secreto para el momento perfecto.

Él sabía cuándo sería el tiempo de hablar, cuándo mi silencio se transformaría en palabras que sanan, no solo para mí, sino también para otros corazones rotos.

Mientras yo pensaba que estaba sola, Dios me cubría con su amor. Él estuvo en cada noche de miedo, en cada lágrima que nadie vio, en cada oración susurrada desde mi niñez. Y aunque no lo entendía, Dios estaba obrando.

Hoy mi voz se alza, y lo hace con fuerza. Ya no es un grito de dolor: es un canto de libertad y esperanza. Porque sobreviví, y ahora florezco. Mi historia, que antes parecía una sombra, se ha convertido en luz para quienes aún están en silencio.

"Todo tiene su tiempo, y todo lo que se quiere debajo del cielo tiene su hora."
(Eclesiastés 3:1)

Dios siempre llega a tiempo. Y aunque callé por años, mi voz florecerá en el momento exacto que Él prepare para mí en cada momento.

Asumiendo responsabilidad en medio de la resiliencia

La resiliencia no es sólo resistir, es también asumir la responsabilidad de nuestra propia sanidad. Esa decisión implica un compromiso profundo con uno mismo: con la mente, con el cuerpo, con el espíritu.

Asumir responsabilidad en medio de la resiliencia es reconocer que, aunque no fuimos responsables del daño recibido, sí lo somos de lo que hacemos con ese dolor. Significa tomar decisiones conscientes que nos permitan crecer:

- Cultivar la mente, reemplazando las mentiras del la herida por la verdad de la Palabra.
- Poner límites saludables, aprendiendo a decir "no" sin culpa.
- Rodearnos de luz, eligiendo personas que nutren, no que destruyen.
- Perdonarnos y perdonar, no para excusar al agresor, sino para liberarnos del peso.
- Aferrarnos a la fe, creyendo que en Dios todo dolor puede convertirse en propósito.

La resiliencia no ocurre sola: se construye con pasos pequeños, diarios, intencionales. Cada acto de autocuidado, cada límite puesto, cada oración sincera es un ladrillo en el edificio de una vida nueva.

"Olvidando ciertamente lo que queda atrás, y extendiéndome a lo que está delante, prosigo a la meta." (Filipenses 3:13-14).

Hoy elijo asumir la responsabilidad de mi sanidad. No por lo que me hicieron, por lo que quiero llegar a ser. Porque resiliencia es levantarme, tomar la mano de Dios y decidir que mi futuro no lo define mi herida; lo define mi propósito

Nadie puede sanar por nosotras; se necesita un acto consciente de amor propio para dar los pasos necesarios, pedir ayuda y elegir no quedarnos atrapadas en el pasado.

La resiliencia es decidir levantarnos aún cuando temblamos por dentro. Dios nos da la fuerza, pero nos pide que demos el primer paso confiando en Él.

"Levántate, resplandece; porque ha venido tu luz, y la gloria de Jehová ha nacido sobre ti."
(Isaías 60:1)

"Todo lo puedo en Cristo que me fortalece."
(Filipenses 4:13)

Reconoce tu historia sin miedo.
No puedes sanar lo que no aceptas. Mirar tu herida duele, pero es el primer paso hacia la libertad. Dilo en voz alta: "Esto me pasó, pero no me define."

Busca ayuda de apoyo espiritual o en lo que te identifiques.

Un psicólogo, un terapeuta espiritual o especializado en trauma puede guiarte en el proceso. Recuerda: pedir ayuda no te hace débil, te hace valiente.

"Los planes se frustran por falta de consejo, pero se logran con muchos consejeros." (Proverbios 15:22)

"Mejores son dos que uno... porque si cayeren, el uno levantará a su compañero." (Eclesiastés 4:9-10)

Abro un espacio seguro para ti

Estoy abriendo un espacio de acompañamiento y mentoría donde podrás platicar y compartir tu experiencia —sea abuso, pérdida o cualquier prueba— en un entorno seguro, respetuoso y confidencial. Esta comunidad nace desde mi propia historia, mi formación en medicina integral y mi camino de sanidad apoyado en la Palabra de Dios y en herramientas profesionales. Aquí no juzgamos: escuchamos, acompañamos y construimos esperanza juntas y juntos.

¿Qué encontrarás en este espacio?
- Un grupo en el que serás escuchado/a con respeto y amor.
- Mentoría basada en fe (la Palabra) y en técnicas de autocuidado, límites, respiración consciente,y herramientas terapéuticas prácticas).
- Prácticas sencillas y diarias que puedes aplicar desde ya: escribir, respirar, poner límites y autocuidado.
- Orientación para buscar apoyo profesional cuando sea necesario (psicología, terapia física, redes de ayuda).
- Un acompañamiento que respeta tus tiempos: no hay presión para hablar hasta que estés listo/a.

Practica el autocuidado diario.
No son lujos, son necesidades:
- Caminar 15 minutos para despejar tu mente.
- Escribir lo que sientes cada noche.
- Orar al comenzar y terminar el día.

"¿No sabéis que vuestro cuerpo es templo del Espíritu Santo...?"
(1 Corintios 6:19)

Entrega tu dolor a Dios cada día.

El trauma puede regresar en pensamientos y emociones. Cuando ocurra, ora y medita.

"Señor, toma mi carga porque sola no puedo."
"Venid a mí todos los que estáis trabajados y cargados, y yo os haré descansar."
(Mateo 11:28)

Celebra cada avance, por pequeño que parezca.
¿Pudiste hablarlo? ¿Fuiste a terapia? ¿Tuviste un día sin culpa?
Eso es progreso.

"Estad siempre gozosos. Orad sin cesar. Dad gracias en todo..."
(1 Tesalonicenses 5:16-18)

Cada paso que das es una victoria. Sigamos avanzando, y hagámoslo juntos de la mano.

— • ● • —

Capítulo 10
Transformando el Dolor en Amor

"Cuando acepté mi historia, Dios me mostró que el amor que tanto busqué ya vivía dentro de mí. El amor propio no nació del ego, sino del alma restaurada."

"Y les daré un corazón nuevo, y pondré espíritu nuevo dentro de ellos..."
(Ezequiel 36:26)

El dolor no desaparece mágicamente, pero cuando lo llevamos a los pies de Dios, Él lo transforma. No lo ignora ni lo minimiza: lo redime. El amor de Dios no borra el pasado, pero nos da una nueva forma de vivir con él.

Este capítulo es un testimonio de que el dolor puede convertirse en amor verdadero: **amor propio, amor divino y amor sano hacia los demás.**

Transformando el dolor en amor: el despertar de la conciencia e Identidad

Descubrí que mi mayor transformación nació cuando decidí convertir mi dolor en amor. En ese proceso entendí que el amor perfecto de Dios hacia mí fue lo que despertó mi conciencia: un amor puro, capaz de sanar lo más profundo de mi corazón y de mostrarme que mi verdadera identidad estaba a través de Él.

Ese dolor convertido en amor me reveló que soy luz, y que esa luz no es solo para mí, es para compartirla con todos los que me rodean. Hoy sé que mi éxito no se mide solo en lo que logró, es en las vidas que se iluminan a mi lado. Cada persona que ha caminado conmigo ha sido parte de esa construcción, y mi gratitud se convierte en abundancia que también entregó.

Comprendí que la protección que sentí desde niña no era casualidad: era un tesoro, un don que Dios me había dado. Y al reconocerlo, descubrí que mi identidad más hermosa es compartir esa luz y ese amor, no como un peso, sino como un privilegio.

Porque cuando dejamos que el amor de Dios transforme nuestras heridas, no solo sanamos: también nos convertimos en canales de esperanza, en faros que muestran a otros que la oscuridad nunca tiene la última palabra.

"El amor propio no nace de ignorar la herida, sino de reconciliarte con tu historia. Tú eres el proyecto más importante por concluir, mientras respires."

Aceptar no es justificar

Aceptar lo que me pasó no significa que estuvo bien. Significa que ya no me escondo de mi historia. La aceptación es el primer paso hacia la libertad emocional.

"Conoceréis la verdad, y la verdad os hará libres."
(Juan 8:32)

Perdonarme a mí misma

Una de las heridas más profundas que arrastré después del abuso fue la culpa. Aunque no tuve la culpa de lo que me hicieron, muchas veces cargué con preguntas como:
- ¿Por qué no hablé?
- ¿Por qué no lo detuve?
- ¿Por qué no me fui?

Dios nunca quiso que llevara esa carga. Perdonarme fue reconocer que hice lo mejor que podía con las herramientas que tenía.

Ejercicio de amor propio: mírate al espejo y repite:
"Me perdono. No fue mi culpa. Hoy me libero."

Afirmación diaria
"Soy digna de amor. Soy amada por Dios. Mis cicatrices hablan de mi fuerza."

Aprender a amarme con cicatrices

Las cicatrices no son señal de debilidad, son prueba de que sobreviví. Amar mis cicatrices es aceptar que soy un milagro en proceso.

"Te he amado con amor eterno; por tanto, te prolongué mi misericordia."
(Jeremías 31:3)

"He aquí, en las palmas de mis manos te tengo esculpida."
(Isaías 49:16)

Sané para amar a otros de forma sana

El abuso deja huellas en nuestras relaciones: miedo a confiar, dificultad para poner límites, temor de amar. Pero cuando Dios sana nuestro corazón, también sana la forma en que nos relacionamos.

Un amor sano no controla, no manipula, no silencia. Es un amor que nace desde la plenitud, no desde la necesidad.

"El amor es sufrido, es benigno... todo lo sufre, todo lo cree, todo lo espera, todo lo soporta."
(1 Corintios 13:4-7)

"Amarás a tu prójimo como a ti mismo."
(Marcos 12:31)

Preguntas de sanidad interior
¿Estoy amando desde la sanidad o desde la herida?
¿Estoy aceptando menos de lo que merezco por miedo a estar sola?
¿Me conozco lo suficiente para hablarme con verdad y sin herir mi propio ego?

Sanar no borra el pasado, lo redime
Sanar no significa olvidar: significa transformar tu historia en semilla de esperanza.

"Y les daré un corazón nuevo..."
(Ezequiel 36:26)

Cuando dejas que Dios toque tu dolor, lo transforma en testimonio. Y recuerda: **para amar bien a otros, primero debes amarte bien a ti.**

———— • • • ————

Capítulo 11
Lo que Aprendí del Dolor

Romanos 5:3-4
"Y no sólo esto, sino que también nos gloriamos en las tribulaciones, sabiendo que la tribulación produce paciencia; y la paciencia, prueba; y la prueba, esperanza."

Reflexión Inicial

Durante muchos años pensé que mis heridas eran mi identidad. Sentía que mi valor estaba manchado por lo que otros me hicieron, que mi voz se había quedado atrapada en el miedo y que jamás sería suficiente.

Sin embargo, con el tiempo, con ayuda profesional y con el amor de Dios, mi Padre amoroso a mi lado, entendí una verdad que me cambió para siempre:

Las heridas no me definen, me transforman.

Lección 1: Mis heridas no son cadenas

Mis heridas no son etiquetas: son testimonios.
No son cadenas: son llaves.
No son finales: son capítulos que hoy puedo cerrar en paz.

Frase clave:
"No soy lo que me pasó, soy quien elegí ser después de lo que viví."

Espacio para escribir:
¿Cuáles heridas aún siento como cadenas en mi vida? ¿Cómo puedo empezar a verlas como testimonios?

Lección 2: El dolor también enseña

Aunque muchas veces deseé no haber vivido lo que viví, hoy comprendo que dentro de ese sufrimiento se escondían lecciones clave para mi transformación.

El dolor me enseñó a:
- Reconocer mis límites.
- Valorar mi voz.
- Mirar con ternura mis heridas.
- Descubrir que lo vivido —aunque no fue justo— se convirtió en mi propósito.

Verdad poderosa:
"No estoy agradecida por el abuso, pero sí por la fuerza que Dios puso en mí para sanarlo."

Lección 3: Construir límites sanos

Antes, me costaba decir "no". Hoy sé que poner límites no es rechazar a otros, sino **respetarme a mí misma.**

"Sobre toda cosa guardada, guarda tu corazón; porque de él mana la vida."
(Proverbios 4:23)

Ejercicio práctico:
Haz una lista de las áreas de tu vida donde necesitas poner un "sí" y un "no". ¿Qué límites necesitas establecer para proteger tu paz?

Lección 4: Convertir la herida en propósito

Por mucho tiempo me pregunté: ¿Por qué yo?
Hoy entiendo que Dios usó mi dolor como plataforma de propósito.

Lección 4: Convertir la herida en propósito

Por mucho tiempo me pregunté: ¿Por qué yo?
Hoy entiendo que Dios usó mi dolor como plataforma de propósito.

"Todo lo que ahora sufrimos no es nada comparado con la gloria que Él nos revelará más adelante."
(Romanos 8:18)

"Lo que un día fue llanto, hoy es testimonio."

Lección 5: Inspirar a otros desde mi experiencia

No es fácil exponerse, pero descubrí que mi historia no es solo mía: también es de quienes necesitan escucharla.

"Y ellos le han vencido por medio de la sangre del Cordero y de la palabra del testimonio de ellos..."
(Apocalipsis 12:11)

"No es vanidad contar tu historia; es valentía, es sanación colectiva."

Lo que aprendí del dolor fue exactamente lo que necesitaba para florecer.
El dolor no me quebró, me construyó.
Hoy puedo mirar atrás y decir:

"Sí, fui herida, pero no me rendí. Y lo que un día me hizo llorar, hoy se ha convertido en un mensaje de esperanza."

Espacio para escribir:
- ¿Qué me enseñó mi dolor?
- ¿Qué propósito puedo sacar de lo que viví?
- ¿A quién puedo inspirar con mi historia?

Capítulo 12
No estás sola, no estás solo

La verdad es que la sanidad se multiplica cuando nos permitimos ser acompañados. Dios mismo nos creó para vivir en comunidad, para sostenernos unos a otros.

Eclesiastés 4:9-10

"Mejores son dos que uno; porque tienen mejor paga de su trabajo. Porque si cayeren, el uno levantará a su compañero; pero ¡ay del solo! que cuando cayere, no habrá segundo que lo levante."

Comunidades y grupos de apoyo que me ayudaron

Buscar y unirse a comunidades de apoyo es un paso transformador. Estos espacios ofrecen:
- Escucha activa sin juicio.
- Validación emocional, entendiendo que lo que sentía era legítimo.
- Historias compartidas que inspiran a seguir adelante.

Lugares donde encontrar apoyo:
- Grupos de recuperación para sobrevivientes de abuso (presenciales y en línea).
- Comunidades de fe con ministerios de sanidad interior.
- Talleres y conferencias sobre resiliencia y trauma.

Gálatas 6:2
"Sobrellevad los unos las cargas de los otros, y cumplid así la ley de Cristo."

Reflexiona y escribe:
- ¿Qué comunidad o persona ha sido un apoyo real para ti?
- ¿Cómo te sentiste al compartir tu historia con alguien por primera vez?

Recursos legales y psicológicos

La recuperación también incluye conocer y ejercer nuestros derechos.

Recursos legales:
- Líneas de denuncia y ayuda nacionales.
- Abogados especializados en casos de abuso.
- Organizaciones sin fines de lucro que ofrecen asistencia gratuita.

"Tu voz vale. No eres culpable de lo que te hicieron; eres digna de ser escuchada, creída y amada."

Recursos psicológicos:
- Psicoterapia especializada en trauma y abuso sexual.
- Terapias alternativas (Arteterapia, musicoterapia, meditación, terapia corporal).
- Servicios de salud mental comunitarios o de bajo costo según cuál sea tu caso.

Salmos 34:18
"Cercano está Jehová a los quebrantados de corazón; y salva a los contritos de espíritu."

Reflexiona y escribe:
- ¿Qué tipo de ayuda profesional sientes que necesitas hoy?

- ¿Qué primer paso pequeño podrías dar para buscarla?

Cómo ayudar a alguien que ha pasado por abuso

En ocasiones no sabemos qué decir o hacer cuando alguien nos comparte su dolor. Aquí algunos principios:
- Escuchar sin interrumpir ni juzgar.
- Evitar presionar para que cuente más de lo que desea.
- Validar sus sentimientos.
- Ofrecer información y acompañamiento, sin imponer.
- Orar con y por la persona, recordando que Dios está con ella.

Isaías 41:10
"No temas, porque yo estoy contigo; no desmayes, porque yo soy tu Dios que te esfuerzo; siempre te ayudaré, siempre te sustentaré con la diestra de mi justicia."

Reflexiona y escribe:

- ¿Cómo puedes ser un buen apoyo para alguien cercano que ha sufrido abuso?

- ¿Qué palabras de aliento te hubiera gustado escuchar cuando estabas en silencio?

Hay personas, manos y corazones dispuestos a caminar contigo. Así como Dios ha prometido no abandonarte, Él pondrá en tu vida las conexiones correctas para tu sanidad.

Tu historia aún se está escribiendo... y no la escribirás en soledad.

——————— • ● • ———————

Parte IV
Caminando Hacia la Esperanza

Capítulo 13
Para padres, amigos y familia

Cuando un niño, un adolescente o incluso un adulto atraviesa por el dolor de un abuso, muchas veces su voz queda atrapada en el silencio. Pero ese silencio no significa ausencia de señales. El cuerpo, la mirada, las actitudes... todos hablan, aunque la boca calle. Por eso, queridos padres, amigos y familia, este capítulo es una invitación a abrir los ojos y el corazón, porque la prevención muchas veces comienza en la atención.

Recuerdo que en mi niñez nadie sospechaba lo que ocurría dentro de mí. Yo jugaba, reía y corría como cualquier niña, pero por dentro mi mundo estaba roto. Si alguien hubiese estado más atento a los cambios, tal vez mi historia se habría contado de otra manera. Y es que las señales están allí, pidiendo ser vistas, esperando ser interpretadas.

Señales de alerta y prevención

La familia y los amigos cercanos son una red de protección esencial. Muchas veces, las heridas más profundas pueden prevenirse si sabemos observar y escuchar.

Aquí comparto algunas señales y ejemplos que pueden ayudarnos a identificar cuando un niño, adolescente o adulto podría estar atravesando una situación de abuso o vulnerabilidad.

Señales de alerta en niños
- Cambios repentinos en el comportamiento:
  - Un niño alegre que de pronto se vuelve retraído o demasiado silencioso.
  - Explosiones de enojo o llanto sin explicación aparente.
- Miedos inexplicables:
  - Rechazo repentino hacia una persona o lugar específico.
  - Pesadillas frecuentes o miedo a dormir solo.
- Cambios físicos o de higiene:
  - Ropa interior dañada o con manchas.
  - Rechazo a bañarse o, al contrario, conductas obsesivas con la limpieza.
- Juegos o conductas sexuales inapropiadas para su edad:
  - Hablar o actuar de una manera que no corresponde a la etapa infantil.

Reflexiona y escribe:
- ¿Cómo reaccionó normalmente ante cambios de conducta en los niños de mi entorno?

- ¿Estoy dispuesto a preguntar con ternura y paciencia cuando noto algo extraño?

Señales de alerta en adolescentes
- Autoaislamiento:
  - Dejan de hablar con la familia, se encierran o cambian de grupo de amigos bruscamente.
- Autolesiones o baja autoestima:
  - Cortarse, quemarse o expresiones verbales de odio hacia sí mismos.
- Consumo de drogas o alcohol:
  - Como intento de escapar o silenciar el dolor.
- Problemas escolares:
  - Bajón repentino en las calificaciones o abandono de actividades que antes disfrutaban.

Reflexiona y escribe:
- ¿Qué señales de alerta he visto en adolescentes cercanos?

- ¿Cómo podría mostrarme disponible sin juzgar ni imponer?

Señales de alerta en adultos

El abuso no se queda en la niñez. Muchas veces, la víctima crece, pero las heridas siguen hablando:
- Dificultad para establecer vínculos de confianza.
- Reacciones desproporcionadas frente a expresiones de cariño o contacto físico.
- Ansiedad, depresión o ataques de pánico, especialmente cuando no parecen tener causa aparente.

Reflexiona y escribe:
- ¿Tengo un amigo o familiar que podría estar luchando en silencio?

- ¿Qué gesto pequeño puedo hacer para recordarle que no está solo(a)?

Prevención: lo que está en nuestras manos

Prevenir comienza con algo tan sencillo y poderoso como escuchar. Escuchar sin interrumpir, sin juzgar, sin querer tener la respuesta inmediata. Escuchar con amor.

Hablar en casa sobre el valor del cuerpo, enseñar a los niños que tienen derecho a decir no, que su cuerpo es sagrado, que no hay secretos que debían doler, es una forma de blindarse contra el abuso.

Y como adultos, debemos atrevernos a romper el silencio. A veces creemos que hablar de estos temas es incómodo, pero lo más incómodo es vivir con heridas que pudieron evitarse.

Buscar ayuda profesional no es señal de debilidad, sino de valentía. Psicólogos, consejeros, comunidades de apoyo... todos son puentes hacia la sanidad.

"El amor y la prevención comienzan en casa: estar atentos puede marcar la diferencia entre una herida que destruye y una voz que se salva."

Acción práctica:
- Haz una lista de tres cosas que puedes empezar a implementar en tu familia para fortalecer la prevención (ejemplo: conversaciones abiertas, supervisión amorosa, contacto con profesionales de apoyo).

Capítulo 14
Vivir más allá del dolor

Hay un momento en el camino de sanidad donde dejé de preguntarme: "¿Por qué?" y comencé a preguntarme: "¿Y ahora qué haré con mi vida?".

Ese instante no significa que el dolor desapareció ni que las cicatrices se borraron. Significa que he decidido mirar hacia adelante, reconocer que el pasado existió, pero que no tiene derecho a robarme el futuro.

Vivir más allá del dolor es atreverme a soñar otra vez, a abrir las manos y el corazón para recibir lo nuevo que Dios y la vida quieren regalarme.

Nuevos sueños, nuevos comienzos

Después de la tormenta, me costaba creer que podría brillar el sol nuevamente. Pero la esperanza siempre encuentra el modo de abrirse paso, incluso en la tierra más árida.

Cuando comencé a sanar, los sueños regresaban tímidos y dudosos, como pequeñas semillas que necesitan cuidado y paciencia. Quizás un sueño olvidado de la infancia, quizás un anhelo nuevo que brotaba del alma.

El dolor no me define, pero sí puede impulsarme a ser más sensible, más humana, más valiente. Soñar de nuevo no es negar lo que experimenté sin desearlo; es demostrar que el dolor no destruyó mi capacidad de crear, amar y proyectar. Dios me lo recuerda en este pasaje:

"Olviden las cosas de antaño; ya no vivan en el pasado. ¡Voy a hacer algo nuevo! Ya está sucediendo, ¿no se dan cuenta? Estoy abriendo un camino en el desierto y ríos en lugares desolados."
— Isaías 43:18-19

Proyectos de vida después de la tormenta

Cada proyecto es como construir mi casa, mi hogar después de un incendio: tal vez las ruinas aún duelan, pero el terreno está listo para algo nuevo.

Hoy encuentro mi propósito acompañando a otros en su proceso de sanidad. Descubrí en mí talentos que nunca imaginé, y simplemente elijo disfrutar de lo sencillo: mi familia, a pesar de la distancia; un descubrimiento viajando llevando el mensaje a través de este libro por el mundo; pero, sobre todo, este viaje espiritual llevado de la mano de Dios, que realmente me ha dado nueva vida y un trabajo que dé paz.

Lo importante no es cuán grande o pequeño sea mi proyecto, sino que refleje la vida que quiero abrazar. Porque después de la tormenta, cada paso hacia adelante es un triunfo, un reto, un logro, un acto de fe y resiliencia.

"Y el Dios de toda gracia, que los llamó a su gloria eterna en Cristo, después de que hayan padecido un poco de tiempo, Él mismo los restaurará, los hará fuertes, firmes y estables."
— 1 Pedro 5:10

"Pues yo sé los planes que tengo para ustedes —afirma el Señor—, planes de bienestar y no de calamidad, a fin de darles un futuro y una esperanza."
— Jeremías 29:11

Elegí ser feliz sin olvidar mi verdadera identidad

Ser feliz no significa negar mi pasado ni borrar las cicatrices. Al contrario, significa que abrazo cada día quien soy, con todo lo que he vivido, y elijo que eso no me robe la alegría del presente.

La felicidad no llega como un regalo mágico; la elijo todos los días en los pequeños gestos: agradecer lo que tengo, cuidar mi cuerpo y mi mente, rodearme de personas que me suman y no restan.

Y en medio de todo, recuerdo siempre mi verdadera identidad y esencia. No soy víctima para siempre. Soy hija amada de Dios, soy valiosa, soy digna, con un propósito único en esta vida.

Vivir más allá del dolor es recordarme que la última palabra no la tiene mi herida, la tiene mi esperanza y la convicción de que soy restaurada por un amor que siempre me sostuvo en todo caminar y momento, rescatando lo que me pertenecía: una identidad única.

"El dolor fue parte de mi historia, pero no es mi destino. Puedo elegir nuevos sueños, levantar proyectos de vida y abrazar la felicidad sin dejar de ser quien realmente soy. Mis heridas no me definen; son la prueba de que sobreviví y que aún hay vida abundante por vivir en el amor de dios."

"De modo que si alguno está en Cristo, nueva criatura es; las cosas viejas pasaron; he aquí, todas son hechas nuevas."
— 2 Corintios 5:17

Oración de gratitud y fortaleza

"Señor, gracias por sostenerme en mis momentos de mayor dolor. Hoy elijo vivir más allá de mis heridas y caminar en la esperanza que Tú me das. Declaro que mis cicatrices son testimonio de Tu fidelidad, y que mi vida es un reflejo de Tu amor. Me abrazo con dignidad, camino con fe, y respiro libertad. Amén."

Afirmación diaria

"Hoy elijo la vida. Mi pasado no me define, mi dolor no dicta mi futuro. Soy hija amada de Dios, fuerte, digna y llena de propósito. Camino en libertad, con esperanza y con amor en cada paso."

Ejercicio de Reflexión: Mis Nuevos Comienzos

1. **Reconoce el terreno fértil de tu vida**
    - Escribe tres áreas donde sientas que Dios o la vida te están mostrando una nueva oportunidad (puede ser en tu familia, trabajo, salud, relaciones o espiritualidad).
    - Ejemplo: "Dios me está mostrando un nuevo comienzo en mi capacidad de confiar en mí misma."

Área 1: _____

Área 2: _____

Área 3: _____

2. **Transforma lágrimas en semillas**

    - Piensa en un dolor o pérdida que viviste y escribe cómo esa experiencia puede ser semilla para algo nuevo.
    - Pregúntate: ¿Qué me enseñó esta herida? ¿Qué puedo construir a partir de ella?

Mi semilla nueva: _____

3. **Declara tu victoria**
    - Escribe una afirmación en primera persona, que declare tu nuevo comienzo con esperanza.
    - Ejemplo: "Hoy elijo avanzar con fe. Mi historia no termina en el dolor; comienza en la victoria de mi propósito."

Mi declaración: _____

4. **Ora o medita en gratitud**
    - Cierra con una oración o momento de gratitud, entregando tu proceso de nuevos comienzos en manos de Dios (o en aquello en lo que el lector se identifique).

"Gracias Señor por este nuevo comienzo. Guíame en este camino y ayúdame a florecer en Tu propósito."

Capítulo 15
Un Nuevo Comienzo de Vida y Propósito

Hoy levanto mi voz con gratitud, porque la vida y Dios me han traído hasta este lugar: Dallas, Texas. No fue un plan pensado ni un proyecto de vida trazado. Llegué con la ilusión de formar una familia a través del matrimonio, pero ahora entiendo que el verdadero propósito. Era tener una relación con Dios y Dar fruto aquí donde me planto.

Sin embargo, decidí no quedarme atrapada en el dolor ni en la pérdida. Elegí crecer aquí, radicarme y permitir que este país me mostrara la oportunidad que tenía para mí.

Dallas: puerta abierta a la restauración

Dallas se ha convertido en una puerta abierta para sanar, reconstruirme y encontrar un propósito más grande de lo que jamás imaginé. Comprendí que a veces los planes que hacemos se rompen, pero en ese quiebre Dios revela un camino nuevo, lleno de bendiciones.

Aunque no llegué con un proyecto de vida definido, aquí lo estoy encontrando paso a paso, con la certeza de que no hay tropiezo que no pueda transformarse en un inicio poderoso.

Este país me ha enseñado que los comienzos no siempre llegan con alegría; a veces llegan con lágrimas. Pero esas lágrimas también riegan la semilla de algo nuevo.

Hoy agradezco por cada puerta que se ha abierto, por las personas que me rodean y por la oportunidad de ser un testimonio vivo de que, aun cuando algo se derrumba, Dios puede construir sobre esos restos algo mucho más fuerte y hermoso.

Gratitud y propósito renovado

Doy gracias a Estados Unidos, a Dallas, por recibirme, por darme un espacio donde crecer y desarrollarme. Y, sobre todo, doy gracias a Dios, porque aun en medio del dolor, Él me sostuvo, me levantó y me mostró que mi misión era más grande que cualquier herida.

Hoy declaro con fe que mi historia no terminó en el fracaso de un matrimonio, sino que apenas comienza en la victoria de un propósito. Estoy feliz, bendecida y lista para seguir avanzando, porque sé que todo lo que viví tenía un sentido: empujarme hacia mi verdadera misión y enseñarme que, con valentía, siempre es posible empezar de nuevo.

"Dallas no fue mi destino planeado, pero sí el terreno fértil donde Dios me enseñó a florecer otra vez."

Conclusión

Comprendí que sanar es un camino integral que requiere valentía y entrega. En mi proceso descubrí tres pilares que sostuvieron mi vida y que hoy deseo compartir contigo:

La meditación en la Palabra de Dios. Fue en la voz de Su Verdad donde encontré claridad, dirección y consuelo. La Palabra se convirtió en un espejo de identidad y en un faro que me mostró que no estaba sola, que Dios siempre caminaba conmigo.

El amor incondicional de Dios. Ese amor fue el abrazo que me sostuvo en mis noches más oscuras. Su amor perfecto me recordó que no soy lo que me pasó, sino lo que Él dice que soy: hija amada, valiosa y con propósito.

La ayuda profesional. Dios también obra a través de manos y corazones dispuestos. Psicólogos y terapeutas entregados a su vocación fueron instrumentos para guiarme en el proceso de reconocer, liberar y reordenar mi historia. Su acompañamiento me enseñó que pedir ayuda no es debilidad, es fortaleza.

Hoy puedo decirte que sanar no significa borrar el pasado, sino aprender a vivir más allá del dolor, con dignidad y esperanza. Mi deseo es que estas herramientas también se conviertan en un regalo para tu vida.

Si algo quiero que guardes en tu corazón al cerrar este libro es esto: la sanidad es posible. No importa qué tan profundas sean tus heridas, Dios puede usarlas como tierra fértil para hacer florecer tu propósito.

"Sanó a los quebrantados de corazón, y vendó sus heridas." (Salmos 147:3)

Que estas palabras te recuerden que la sanidad no es un destino lejano, es un viaje que puedes iniciar hoy, de la mano de Dios, rodeado de amor y con el apoyo de profesionales que creen en tu transformación.

Parte V
Voces del Alma

Diario de Sanidad Interior: Tus Cartas

DE: MI ADULTA
PARA: MI NIÑA AMADA

Cada carta que leíste es un modelo para inspirarte. Ahora es tu turno de escribir, responderte y abrazarte con palabras.

Carta 1 — A mi niña interior

Instrucciones: Escribe unas líneas a la niña o niño que fuiste. Recuérdale que no fue su culpa, que era inocente y que merece amor.

Mi carta:

_____

_____

_____

_____

Carta 2 — A mi cuerpo

Instrucciones: Habla con tu cuerpo. Pídele perdón si alguna vez lo rechazaste y agradécele por sostenerte.

Mi carta:

_____

_____

_____

_____

Carta 3 — A la persona que soy hoy

Instrucciones: Reconoce tu valentía, tu fortaleza y todo lo que has superado. Escríbete con orgullo y amor.

Mi carta:

_____

_____

_____

_____

Carta 4 — De Dios a tu corazón

Instrucciones: Imagina lo que Dios te diría hoy. Llena esta página con palabras de consuelo, promesas y propósito.

Mi carta:

_____

_____

_____

_____

Carta 5 — "No te rindas"

Instrucciones: Escribe un recordatorio de esperanza para ti misma(o). Recuérdate que tu historia no termina en dolor.

Mi carta:

_____

_____

_____

_____

Carta 6 — "Yo te sano"

Instrucciones: Haz un compromiso con tu propio proceso de sanidad. Escríbelo como si lo dijera tu voz más sabia.

Mi carta:

_____

_____

_____

_____

Reto Personal

- Lee tus cartas en voz alta.
- Escucha cómo suena tu propia verdad.
- Guárdalas en un lugar especial o rómpelas después como símbolo de liberación.
- medita mientras lo haces con tus pensamientos si te gusta y te mantiene relajada (o) pon música o alabanzas que te mantenerte enfocada.

• ● •

TESTIMONIOS ANÓNIMOS DE ESPERANZA

"Volví a sonreír después del silencio"

"Fui abusada cuando tenía 6 años por alguien en quien confiaba. Callé por más de 20 años porque pensaba que nadie me creería y porque sentía vergüenza. El dolor me acompañó como una sombra, afectando mis relaciones y mi autoestima. Un día, en terapia, escuché por primera vez: 'No fue tu culpa'. Lloré como nunca antes. Fue el inicio de mi sanación. Hoy sonrío sin miedo, y aunque mi historia duele, ahora es luz para otros."

"Y conoceréis la verdad, y la verdad os hará libres." (Juan 8:32)

"Dios me levantó cuando quise rendirme"

"Después de años cargando el trauma, pensé que no había esperanza. Intenté todo, pero la tristeza me consumía. Hasta que un día, quebrada, le entregué todo a Dios. Oré con lágrimas: 'Señor, si de verdad existes, ayúdame'. Él respondió con paz, con personas correctas y con fuerzas que yo no tenía. Hoy puedo decir que sigo sanando, pero ya no camino sola. Mi dolor se convirtió en propósito."

"Él sana a los quebrantados de corazón, y venda sus heridas." (Salmo 147:3)

"Mi cuerpo volvió a ser mío"

"El abuso me hizo sentir que mi cuerpo no me pertenecía. Lo odiaba, lo castigaba, lo descuidaba. Hasta que un día entendí que era el único hogar que tengo y que Dios lo hizo perfecto. Empecé con pasos pequeños: cuidarme, hablarme con amor, mirarme al espejo sin odio. Hoy mi cuerpo no es una herida: es un templo, una prueba de que sobreviví."

"¿No sabéis que vuestro cuerpo es templo del Espíritu Santo...?" (1 Corintios 6:19)

TESTIMONIOS ANÓNIMOS DE ESPERANZA

"Rompí el silencio siendo adulta"

"Por décadas viví con el peso del secreto. Me sentía fuerte por no contarlo, pero por dentro me estaba destruyendo. Decirlo fue el paso más difícil, pero también el más liberador. Hoy sé que hablar no me hizo débil, me hizo valiente. Si estás leyendo esto y sientes miedo, quiero que sepas: cuando hables, comenzarás a vivir de verdad."

"Todo tiene su tiempo, y todo lo que se quiere debajo del cielo tiene su hora." (Eclesiastés 3:1)

—— • • • ——

Parte VI
Recursos para Sanar
y Accompañar

Recursos en Línea

Recurso / Organización	Tipo de ayuda	Enlace
Psychology Today en Español	Directorio de terapeutas cercanos (buscar por código postal o ciudad).	psychologytoday.com/es-intl
RAINN	Educación sobre abuso sexual, línea directa y chat.	rainn.org/es
National Domestic Abuse Hotline	Línea directa y chat en español.	espanol.thehotline.org
Local Anti-Violence Project (AVP)	Apoyo a sobrevivientes LGBT. Delegaciones locales y línea de ayuda.	avp.org
Know Your IX	Recursos para sobrevivientes jóvenes y prevención en escuelas.	knowyourix.org
End Rape on Campus	Apoyo directo a sobrevivientes, prevención y reforma de políticas en campus.	endrapeoncampus.org
School Consent Project	Educación sobre consentimiento en escuelas.	schoolconsentproject.com
National Sexual Violence Resource Center (NSVRC)	Recursos generales para sobrevivientes.	nsvrc.org
National Alliance to End Sexual Assault	Legislación y prevención en apoyo a sobrevivientes.	endsexualviolence.org
NO MORE	Coalición para la prevención de violencia y agresiones sexuales.	nomore.org

Información extraída del libro **Cuidar la Herida del Abuso Sexual.**

Invitación especial

Únete seamos más voces en alto y frenemos el abuso en nuestros hogare.

El abuso también puede provenir de mujeres: tías, hermanas, incluso abuelas. La figura femenina, que debería representar cuidado y protección, también puede ser la que hiere, manipula y vulnera dentro del hogar.

Hoy levanto mi voz con un propósito: frenar el abuso infantil, juvenil y adulto; abrir camino a una generación que crezca libre, fuerte y sana.

Quiero invitarte, mujer y hombre valiente, a ser parte de este movimiento que nace desde el corazón de Dios y desde la decisión de sanar. Porque cuando sanamos, no solo lo hacemos por nosotros, sino también por nuestros hijos, por nuestras familias y por todas las generaciones que vienen detrás.

Este no es un llamado individual, es un movimiento colectivo donde cada herida se transforma en fortaleza y cada historia de dolor en un testimonio de esperanza. Tu voz, tu experiencia y tu compromiso son necesarios.

Unidos podemos romper cadenas, levantar muros de fe y amor, y crear un futuro donde el abuso no tenga lugar.

Si sientes en tu corazón el deseo de unirse, acompañarme y sumar tu vida a este propósito, te invito a ser parte de este caminar. Porque cuando tú decides sanar, también sanan los que amas.

"Defiende al débil y al huérfano; haz justicia al afligido y al menesteroso." (Salmos 82:3)

"La vida siempre pondrá delante de ti las pruebas necesarias para forjar tu carácter y llevarte a la victoria. Porque escrito está: «Más bien, en todo esto salimos más que vencedores por medio de aquel que nos amó» (Romanos 8:37).

Estadísticas de Violencia e Información

Escala mundial de la violencia contra las mujeres

Se calcula que, en todo el mundo, **736 millones de mujeres** — casi **una de cada tres**— han sido víctimas de violencia física o sexual por parte de su pareja, de violencia sexual fuera de la pareja o de ambas, al menos una vez en su vida (el **30% de las mujeres de 15 años o más**). (ONU Mujeres, s.f.)

Estos datos **no incluyen el acoso sexual.**

Las tasas de depresión, trastornos de ansiedad, embarazos no deseados, infecciones de transmisión sexual y VIH son más elevadas entre las mujeres que han experimentado violencia que entre las que no la han sufrido. Lo mismo ocurre con muchos otros problemas de salud que pueden perdurar incluso una vez que ha cesado la violencia. (ONU Mujeres, s.f.)

Violencia en la pareja

La mayoría de los actos de violencia contra las mujeres son perpetrados por sus esposos o parejas actuales o anteriores.

Más de **640 millones de mujeres de 15 años o más** (el **26% del total**) han sido objeto de violencia por parte de su pareja. (ONU Mujeres, s.f.)

Invitación a seguir sanando juntos

La **sanidad** es un camino que se recorre paso a paso,
y no tienes que hacerlo sola. Permíteme acompañarte.

Te invito a que sigamos compartiendo juntas este proceso de
transformación, aprendiendo, creciendo y abrazando nuestra
verdadera identidad.

Acompáñame en mis redes para seguir platicando, compartiendo,
construyendo y aprendiendo entre la fe y la esperanza.

Citas

Sociedades Bíblicas Unidas. (1960). Santa Biblia: Versión Reina-
Valera 1960.

ONU Mujeres. (s.f.). Datos sobre la violencia contra las mujeres.
Recuperado de https://www.onumujeres.org

Sobre la autora

Mónica Elizabeth Pacheco es terapeuta en medicina alternativa, especialista en quiropraxia y técnicas de sanación integral, con más de 13 años de experiencia.

Originaria de México, desarrolló desde muy joven un espíritu emprendedor que la llevó a crear con éxito un spa y un salón de belleza, proyectos que le permitieron acompañar a muchas personas en procesos de bienestar y transformación.

Después de enfrentar experiencias de dolor profundo en su vida personal —marcadas por la adversidad, el divorcio y la necesidad de reinventarse en un país nuevo—, Mónica descubrió que la verdadera fortaleza nace en el interior y que el amor de Dios puede sostener, transformar y dar propósito aun en medio de las heridas más difíciles.

Hoy, radicada en Estados Unidos, comparte su experiencia como autora, escritora, conferencista y mentora, guiando a otros en el camino de la resiliencia, la identidad y el emprendimiento. Su mensaje es un recordatorio poderoso: **las heridas no nos definen, pero sí pueden convertirse en la semilla de nuestra mayor fortaleza.**
Recuperando nuestra identidad en medio de la tormenta y la adversidad, pero sobre todo sostenida por el amor infinito de Dios.

Con su primer libro, Heridas que no me definen, Mónica abre su corazón para inspirar a mujeres y hombres a reconocer su valor, sanar, perdonar y avanzar hacia una vida plena, libre y auténtica, encontrando la identidad que ya les pertenece.

Conéctate

Para seguir platicando, compartiendo, y construyendo propósito aquí están mis redes oficiales:

@monicaepachecofficial – Monica E Pacheco

Monica E Pacheco

YouTube: Voces que Inspiran — @MonicaEPachecooficial

TikTok: @monica.e.pachecoOfficial

Email: monicaepacheco.writer@gmail.com

@MONICAEPACHECOFFICIAL

www.ingramcontent.com/pod-product-compliance
Lightning Source LLC
Chambersburg PA
CBHW060430260626
47161CB00005B/1866